巴金先生

彭新琪 著

四川文艺出版社

图书在版编目（CIP）数据

巴金先生 / 彭新琪著. — 成都：四川文艺出版社，
2019.1

ISBN 978-7-5411-4979-5

Ⅰ. ①巴… Ⅱ. ①彭… Ⅲ. ①散文集－中国－当代
Ⅳ. ①I267

中国版本图书馆CIP数据核字（2018）第240167号

BAJIN XIANSHENG

巴金先生

彭新琪　著

策　　划　周立民　陈　武
责任编辑　王筠竹
责任校对　汪　平
装帧设计　孙豫苏
责任印制　唐　茵

出版发行　四川文艺出版社（成都市槐树街2号）
网　　址　www.scwys.com
电　　话　028-86259285（发行部）　028-86259303（编辑部）
传　　真　028-86259306

邮购地址　成都市槐树街2号四川文艺出版社邮购部　610031
印　　刷　天津兴湘印务有限公司
成品尺寸　130mm×205mm　1/32
印　　张　5.5　　　　　　　　　字　　数　100千
版　　次　2019年1月第一版　　　印　　次　2019年1月第一次印刷
书　　号　ISBN 978-7-5411-4979-5
定　　价　28.00元

目　录

下　辑

上　辑

他有一颗水晶般的心

认识巴金先生已四十多年，真正和他熟识却是在 20 世纪 50 年代后期，而拿笔写写他的事情，则是从 80 年代开始。

记得第一次见到巴金，是在 1954 年的秋天。那时，我从复旦大学毕业分配到中国福利会《儿童时代》杂志社当编辑。由于复旦大学老师章靳以的关系，我先在靳以师家中认识了巴金夫人萧珊——那时都叫她本名陈蕴珍；再和她约定了到霞飞坊（今淮海路淮海坊）他们的寓所去看望巴金，向他约稿。

那是一幢新式里弄房子，共有三层楼，从 20 世纪 30 年代起，巴金就和朋友索非一家合住在这里，巴金挚爱的三哥李尧林也曾在此度过他生命的最后六年。

我第一次去看望巴金，他和萧珊正在二楼前房，围坐在大圆桌边，逗着儿子小棠说笑。

萧珊见到我，拉住小棠的手要给我看："让彭姐姐看看，棠棠是断掌。"

有着一对明亮大眼的棠棠却倔强地抽回他的小手，攥紧拳头要打妈妈。这时，巴金立马站了起来，笑着去阻拦，连连用四川话说："好，好，爸爸来扯劝，爸爸来扯劝。"他是那么和蔼，那么慈祥。萧珊在一旁只顾幸福地笑着，这情景一直刻印在我的脑际。多么和谐幸福的家庭啊！

后来，我还到霞飞坊去过一两次，但印象都不深了，只记得有一次他们刚吃过大闸蟹，餐桌上还残留着红色的蟹壳。我在四川住过八年，知道四川人是不大吃螃蟹的，而萧珊是来自水产丰盛的宁波，对蟹的兴趣浓厚。看来，在生活习惯上，巴金或许已受了萧珊很大的影响。

转年，我再去约稿时，他们已搬到现在这幢带花园的小楼了。这里离中国福利会少年宫比较近，一有机会，我就带着爱说爱笑、性格开朗的李小林去参加少年宫的活动，和她有了很好的友谊。我向巴金约稿，常常请她"催催爸爸"。

1957 年，巴金、靳以受中国作家协会委托，联手在上海创办了大型文学双月刊《收获》，把我调到编辑部。从这时起，我与巴金接触的机会多了起来。

巴金平日不来编辑部，刊物的日常工作由靳以处理，但有些重要文章和信件都要请巴金过目或处理。我经常为一些急事骑自行车往返于编辑部和巴金家里，听取巴金意见，带回他的手书……

《收获》只编辑出版了三年，因靳以师病逝和当时纸张困难等原因，而于1960年4月停刊。我调到《上海文学》编辑部，与萧珊同在一个办公室。她是在那里当义务编辑，我和她接触的时间多了而与巴金接触的机会减少了。后来，我和萧珊先后分别到农村和工厂参加"四清"，也很少见面。

1966年底，我从农村"四清"工作队调回作协参加运动。这时，巴金已被打成"黑老K"进了机关"牛棚"。不过此时，我又有接触巴金的机会，而且有一段时间，天天见面，一起劳动。

在1966年开始的翻天覆地的"革命"中，人的本性都暴露无遗。人对人几十年的认识，都不如这几年中认识得深刻。

这一时期，巴金被隔离，被送往复旦大学住校接受批判，被赶到干校劳动……他处处都显得那么胸怀坦荡，善良高尚。当复旦大学一位学生见他从食堂买饭出来，紧紧跟在他身边，愤愤不平地诉说自己如何敬重他，巴金却温和地安慰对方说："自己是应该接受帮助的。"他生怕学生因同情他而会受到批判。

当巴金被隔离在作协机关"交代罪行"时，他对别人揭发的不实之词，绝不违心地承认一句；也绝不为了想"过关"而讨好任何人。他一有空暇，就拿一本意大利文的"老三篇",坐在作协三楼楼道边一只破条桌前背诵,只有小红书才允许看的。

巴金在"五七干校"劳动的那些时日,无论是给食堂送菜,还是为蔬菜田调和培养土,他都全力投入,认认真真。

就是在他还戴着"反革命"的帽子,"作为人民内部矛盾处理"的日子里,他还认真地对我说:"上面的政策有时是受到中间带阻碍的……"他还是很想念"上面"。

在小林即将分配到外地工作前,我曾把家里人全部安排外出,独自一人在家烧了一桌饭菜,请巴金一家人来散散心,可临到吃饭时,小林姐弟带来巴金的口信,说他因"问题"还没有解决,不来了。他是唯恐我受他的牵连。多么善良的人啊!

1977年,刊物编辑部重新组建,恢复工作,巴金的名字也出现在报刊上。不少文学青年或历次运动中遭遇不幸的人频频来信向巴金求助,那一时期,小林、小棠还未调回上海,有些信就由我代为处理。巴金常常让我代他从市场上购买文稿纸寄给求援的文学青年;对于有关朝鲜战场上某些事也认真予以说明……总之,他在百忙中,对每封来信都极重视,他那热情认真的精神,使我深受感动。

这以后,我经常去巴金家里,听他讲讲过去的生活,讲讲对当前一些事情的看法,更多的是亲眼见到他如何对待身边的人和事，差不多每次都能感受到他身上的诚实和睿智、善良和真诚。我常常在想，巴金具有一颗水晶般的心，那么晶莹、那么透明。巴金的灵魂真美！他那无比高尚的精神，就是我们伟大的中华民族精神的集中体现！

于是，我按捺不住要把自己所见所感的种种事情写出来，我想用这些事实，从侧面让读者认识巴金，让他的这种精神影响更多的人！

巴金对我非常宽容照顾，应我的请求他讲了他的童年生活，与萧珊的恋情，以便我写出来。

我还向巴金说过很想写写他与冰心的情谊，我觉得他们两位文学巨匠有着相同的人品、文品，他们那种超凡脱俗、纯洁神圣的情谊应该流传。1995年12月，我久病以后，到上海华东医院看望巴金，他慈祥地对我说："我很想帮帮你，但我没有力气，说话吃力，帮不了你的忙……"他是那么衰弱，坐在轮椅上，行动不便，说话困难，我怎么能请他说这讲那呢。

"我不要你再讲什么了！"我很珍视过去从他那里听到和看到的他与冰心交往的一些细节。

他们之间的情谊，本是巴金的情感世界中不可缺少的重要部分，这里必须注上一笔。

1997年

巴金的爱

1991 年，我国很多地区遭受了特大洪涝灾害。在上海，有一位病弱的老人，他从电视里、广播中、报纸上，得知灾情后，他惦着灾区人民，晚上睡不着觉，想要为灾区人民做点什么事，但他又病又老，行动不便，出不了门。他便从自己留作生活费用的有限的稿费积蓄中，取出了五千元，让家人送到民政局，表达自己对灾区人民的关切之情（早在几年前，他已把多年的稿费积蓄几十万元捐赠给北京中国现代文学馆和北京、上海等地的文学创作基金会了）。

区民政局的同志送收条时，才发现捐款者李尧棠原来就是蜚声海内外的我国现代文学巨匠巴金。

那时巴金已经八十六岁了。他从 1928 年在法国写出第一部小说《灭亡》，开始走上文学创作道路后，一直靠稿费生活，从不领取国家工资。1982 年底他在家中书房，不慎跌断了股骨，还患了帕金森病。1986 年又再度跌跤，腰肌扭伤，行走困难，写字手也不听使唤；但他还是没有放下手中的笔。每天，艰难地，一笔一画、一字一句，写下一些随感。到 1986 年 8 月，终于完成了《随想录》（五卷）中的最后两集。书出版后，在国内反响很大。

有人说："在现今文化环境中，作为个体的人，作为一个有成就的老作家，可以说，《随想录》确已达到一个高峰，它是巴金生命历程的光辉顶点，并为中国广大的知识分子和所有有良心的人提供了一个绝无仅有的人格参照典型。"[①] 巴金自己在《随想录合订本》新记中说："讲出了真话，我可以心安理得地离开人世了。可以说，这五卷书就是用真话建立起来的揭露'文革'的'博物馆'吧。"

巴金有一颗敏感而充满热情的心，时时刻刻与祖国的生死存亡紧密相连。他写作就是为了爱人生、爱人民，他的全部作品，都浸透了他自己的爱和恨，悲哀和欢乐，受苦和同情。

前些日子，有朋友把新发现的巴金的小诗送给我。从这首诗中就可以看到巴金是以无比愤怒的爱国主义激情，控诉军阀赵恒惕对工人领袖黄爱和庞人铨的杀害，这是一首血泪凝成的诗，诗前的小序更反映了他的文艺观。这首诗是用 P.K（佩竿的英文简写）的笔名，发表在

---

① 引自 1991 年"巴金国际学术研讨会"张沂南《个体自省与历史反思》。

1923年5月15日《孤怜》第一期上。小序这么写的："本年1月17日是黄、庞二君被赵恒惕冤杀的周年纪念日。黄、庞二君被杀已有一年了，而赵氏还安稳地在湖南做省长，想起来实在令人愤怒。"这首诗就是在愤怒中作的，所以不像诗；但是，只要能感动人，是不是诗也不要紧（全诗有43行，略）。他唯一向往的是对祖国、对社会有所贡献，给读者带来温暖与鼓舞。

为着他爱祖国、爱人民的宝贵情操，为着他诚实纯朴、表里如一的高尚品格，为着他嫉恶如仇、追求真理的崇高精神，为着他热情坦荡、孜孜不辍的写作激情，人们尊敬他，热爱他。

1982年他获得了"但丁国际奖"，1983年获法国政府的"法国荣誉勋章"，1985年被美国文化艺术学院授予外国名誉院士称号，1990年4月接受了苏联"人民友谊勋章"，同年9月获得日本福冈"亚洲文化奖特别奖"。

老一辈人中，不少是因为读过他的作品，受到他强烈的反封建争民主精神的感染而走上革命道路的。巴金到了老年，仍为歌颂真善美鞭挞假恶丑而写作。

巴金这一生对青少年健康成长的关爱从未间断过，现在的青年人已无法直接感受巴老的这份爱，我将自己的亲见向大家叙述二三事。

一、为"艺术节"题词

1993年12月下旬，1994年国际少年儿童文化艺术节（中国·上海）组委会的艾柏英先生来找我，想让我向巴金先生介绍一下1994国际少年儿童文化艺术节的活动情况……

我听了艾先生的介绍，深受感动。这是个多么有意义而又生动丰富的活动啊！特别是在当前，改革开放，商品经济，各种思潮在冲击，能为少年儿童举办这样高层次、高品位，鼓舞人奋发上进的活动，无疑对引导我国少年儿童发扬自尊、自信、自强、自律的精神，具有重要作用。这将是孩子们终生难忘的盛大节日。

过了几天，我去看望巴金先生，他正和远道而来的两位老友在叙旧。我趁机向他介绍了1994国际少年儿童文化艺术节的活动内容。当巴老听到这次艺术节准备用漂流瓶的形式，邀请世界各地的幸运代表时，巴老说，这种做法很别致、新鲜……

这时，家人为找一位读者的地址，不断来问巴老。巴老被弄得非常紧张，忙向客人招呼，对不起，他们在找地址……

客人走后，巴老对我说，你看，人老了精神差了，遇到一点事就很紧张，所以我不能参加社会活动……他说得非常真诚。

我知道巴老对少年儿童一直怀有挚爱。他从自己少年时期的亲身经历中认识到，少年时期最渴求真理，要寻求理想，期盼得到指引。所以巴老很愿意为少年儿童健康成长做一些力所能及的事。

早在1985年4月，他收到无锡某小学"十个寻找理想的孩子"来信，他当时虽然身体健康状况不佳，讲话上气不接下气，写字手不听指挥，但他还是花了几周时间，一笔一画，一字一句，写写停停，停停写写，给这些孩子写了封三千多字的情真意切、感人肺腑的回信。他说自己一生都在追求理想，在任何情况下，理想都未从眼前隐去，"光辉的理想像明净的水一样洗去我心灵上的尘垢，我心里又燃起了热爱生活、热爱光明的火。火不灭，我也不会感到内部干枯"。他恳切地说："'寻求理想'不是一天两天的事。理想是存在的。""只要你们把个人的命运同集体的命运连在一起，把人民和国家的位置放在个人之上，你们就永远不会'迷途'，理想不抛弃苦心追求的人，只要不停止追求，你们会沐浴在理想的光辉之中。"

这封充满对祖国、对少年儿童热爱的信，鼓舞了无数少年。

1991年，巴老又给四川家乡的几十名小学生回信，说："人活着不是为了白吃干饭，我们活着就要给我们生活在其中的社会添上一点光彩，这个我们办得到，因为我们每个人都有着更多的爱，更多的同情，更多的精力，更多的时间，比维持我们自己生存所需要的多得多。只有为别人花费了它们，我们的生命才会开花。"

巴老的回信点燃了他家乡无数小学生要为别人奉献爱心的心灵火花。我在巴老家，就见到了小学生们的来信和"知心话"磁带。他们在信中说："巴金爷爷的话好像一把钥匙打开了我们心灵的窗户，我们懂得了人生的道路应该怎样走。""我们也要像巴金爷爷那样，让自己的生命开花……"

这些来信中稚气而火热的心里话，使巴老感到欣慰。巴老特意让我代他购买了几套"炎黄子孙丛书"，分送给他家乡三所小学的少年儿童，他希望他们从小爱读书，多读书，从书中汲取知识，充实自己。

巴老一再说，他深信在少年儿童前面有无比宽广的道路，在他们心里有无数美好的事物。只要不放弃理想，希望在他们身上。

现在，巴老已是九十岁高龄，又患有帕金森病，四肢无力，他需要静养。写信更困难了。

我怀着忐忑不安的心情，试探地问巴老，能不能为艺术节题词。巴老知道我在写《少年巴金》，最早的章节是在中国福利会《儿童时代》上发表的……

他终于拿起笔抖抖颤颤地写下了"文化能净化人的

心灵 巴金"十一个字。

太难为他了。"再也不给您添麻烦了！"我激动地说。

他朝我投来理解的目光，多么柔和。真是善良、仁厚、真诚的长者啊！

巴老爱孩子。他希望少年儿童从小受到文艺的熏陶，从中得到心灵的净化。1994 国际少年儿童文化艺术节的目的不也如此么？

二、关心藏书楼建造

每年春节，我都要给巴金先生拜年。

他是我大学恩师靳以的好友；我又曾在他俩主编的老《收获》①工作了近四年，所以每年大年初一我都要向他和靳以师家属拜年（靳以师已于 1959 年病逝）。

今年元月 23 日大年初一上午，我又走进坐落在上海西区一条幽静马路上的巴金寓所。

客厅里已坐着作家黄裳、徐开垒和朱雯、罗洪夫妇，大家正在讲买书的事。

一年前，黄裳先生曾为巴老购得一套有注解的《春秋左传》新版本。巴老重读这套书又回忆起不少往事，

① 老《收获》指由中国作家协会领导的 1957 年 7 月创刊，由巴金、靳以任主编的大型文学双月刊。1960 年停刊。

还写了一篇《怀念二叔》的文章在海外发表，后来上海的报纸也转载了。

从购书又谈到藏书。朱雯先生带来上海藏书楼已开始动工建造的消息。巴老眼睛一亮，开心地说："动工了就好！"

记得一年前，因修地铁，徐家汇藏书楼房屋出现险情，巴老得知这一情况后夜不能寐，发表了"抢救藏书楼"的呼吁。他虽已入耄耋之年，但一直关心国家大事，特别是文化发展方面的事。

他从小爱书，还是一个小孩的时候，就如饥似渴地读着能拿到手的一切书刊，从文学作品中汲取了大量的养料，不知不觉中逐渐改变了对人对事的看法。优秀的作品给了他生活的勇气，使他看到了理想的光辉。他这一生编了不少文学书刊，也主持过出版社的文学编辑工作，自己又写了六百多万字的作品。他深知书对一个人的成长有多么大的影响，所以他爱书，也爱编书写书。

在他步入耄耋之年后，趁着自己还能理书，就把自己家里的藏书分别赠送给北京、上海、成都、南京等地的图书馆。他也把自己几十年的稿费积蓄几十万元分别捐赠给北京现代文学馆和北京、上海的文学创作基金会等单位。

新春伊始，巴老就为藏书楼的动工而高兴，脸上绽出笑容。

节前，我也曾去看望过巴老，他告诉我，他为二十五卷本《巴金全集》写了篇两千字的后记，刚刚寄出。全集的事做完了，他打算再做一年的事，以后就只看看小说、报刊，多休息休息了。

我说他办不到的，因为他虽手脚不灵便，但头脑非常清醒，记忆力又好，还很有激情，还是会写些散文随笔的，只是可以少写，写慢一些。老人微微笑了，不置可否。不过，他确实很累了，帕金森病使他手足无力、写字困难，股骨骨折又让他走路吃力。有时他胃口不好吃不多，可是他精神很好，一直按自己的意愿生活。他在 20 世纪 20 年代就说过，他生活的信条是：忠实地生活，热烈地爱人民，在众人的幸福里谋个人的快乐，在大众的解放中求个人的自由……

他关心藏书楼的建造，关心书的流通，他为大众的幸福尽自己的力，在他的笑容中，我看到了他那颗金子般的心。

三、赠书

巴金是享有世界盛誉的当代文学大师，他从 1921 年十六岁起开始发表文章和新诗。1922 年翻译了第一篇短篇小说《信号》（［俄］迦尔洵）发表在成都出版的《草堂》文艺月刊上。1928 年在法国，用笔名巴金写了小说

《灭亡》，从此走上文学创作的道路。六十多年来他写了《家》《春》《秋》《雾》《雨》《电》《憩园》《寒夜》《火》等几十部长中篇小说，几百篇短篇小说。不少作品先后译成英、法、德、意、日、俄、匈、波、捷等文字，在世界上广为传播。20世纪80年代，他写的《随想录》五卷，更受到海内外读者的喜爱和敬重。

巴金一生与书为友。他从小就喜欢看小说，他十岁那年，就读了中国旧小说如《水浒》《施公案》等。五四运动以后，他大哥买了很多新文化的书，其中有一套商务印书馆出的"说部丛书"共一百本，多为欧美的翻译小说，巴金全部读完。以后，又读了法国左拉的二十部作品。十岁那年，巴金还在家里订了一份《十日》旬刊，这是他三哥、六叔和表哥三人合编的刊物。由家里人写稿，他们三人用复写纸抄写成五六份装订成册。上面的文章虽说是拼拼凑凑的，可是办刊人的精神却使巴金大为感动。他以有限的零用钱成了《十日》的唯一订户。刊物出了三个月，他花了九个铜板，得到了九本书，一直保存着。可见，巴金是多么喜欢和书打交道。

1920年，巴金参加了成都一些青年人创办的《半月》刊的编辑工作，停刊后，又由他主持编了《平民之声》周刊。直到1923年，巴金离开成都，他都在编与写作之中。1935年他由日本回国后就开始担任上海文化生活出版社总编辑，后又任平明出版社总编辑。这一时期，他编了不少丛书，出版了不少新人的处女作、成名作。

巴金几十年来买了不少好书，可是到了晚年，他把自己珍藏几十年的精品分别赠送给北京图书馆、成都"慧园"等单位，让更多读者读到这些精品。他还常常买一些新近出版的少年读物，赠送给他家乡的小学生。他觉得书籍能给人智慧，给人知识。他希望少年儿童从小就能读到好书。

在巴金的客厅里

——万籁鸣为巴金剪影纪实

上海进入 3 月以来，连日阴雨。11 日这天，难得的久雨初晴，空气分外清新。午后，我陪《大闹天宫》的导演、我国动画艺术大师万籁鸣去为我国文学大师巴金剪影。

万老已是八十六岁高龄。平时在家，都要花一定的时间握笔作画。他擅长画孙悟空和奔马，但他更喜欢剪纸。他的绘画生涯就是从剪纸开始的。几十年来，他还为不少名家伟人剪过影，刊登在各种报刊上。1938 年，他曾为当时担任武汉国民党政府军事委员会政治部副部长的周恩来同志剪过影，刊登在《抗战日报》上。现在，虽然他的双手抖颤加剧，已经长久不拿剪刀黑卡纸为人剪影了，可是他却对我说："巴金这个人真好，我想要替他剪个影。"

他说他参加全国第三次文代会时，他的一位文学界老友的遗孀去找他，诉说她家的私房被占十几年，至今没有落实政策，请他帮帮忙。万老很同情她，但爱莫能助。后来他抱着试试看的想法，把老友遗孀的申诉信交给了巴老。没想到，只隔了几天，巴老就给万老回音了，说已将这事交有关人员去办理了。万老非常感动，他觉得历史上遗留下来的问题是很复杂的，不少人怕沾手，可是巴老如此热情、认真、迅速地处理，还将处理情况及时告诉他，足见巴老为人的高尚，所以萌发了要为巴老剪影的愿望。他让我去征求巴老的意见，约好时间他再去。

总算约好了剪影的时间，万老兴致勃勃地带着剪纸用的工具包，沿着幽静的武康路前行。他身体挺拔，腿脚硬朗，右手潇洒地握着藤手杖，轻捷地点着地面，走得很快。

巴老也早已做好准备，他听见门铃响，立即从二楼下来。

两位老人中等身材，脸色白皙，眼睛里闪烁着和善、欢悦的亮光。万老的华发稀少，紧紧地贴在头上；巴老的银发仍很浓厚，在头顶上高高隆起。他们见面立刻友好地交谈起来。

我们把巴老的座椅搬到采光较好的窗口，万老敏捷地从包里取出黑卡纸和一把普通的剪刀，然后戴上了玳瑁边的眼镜，专注地观察巴老的侧面。

平时，万老的双手拿什么东西都颤抖不已，很难听从大脑的指挥，可是眼下他右手握住剪刀，左手捏着黑卡纸，一剪一剪地，很准确地把头影剪了出来。

巴老那富于思索、高突开阔的前额，那高高飞起的银发，那观察细微、闪着真诚目光的眼睛，那个性鲜明的挺挺的鼻梁，还有线条柔和、柔中带刚的嘴唇以及富有魅力的略略前翘的下巴，不到两分钟就全在万老手中显了出来。

巴老接过剪影，禁不住笑着说："很好，很好！"

这时，门铃又响了，巴老家又来了客人。

巴老面对着门，一眼便看到了正向客厅走来的曹禺和李玉茹夫妇，轻轻打了个招呼："家宝来了！"

曹禺穿了件铁灰色的宽松的中式棉袄，蹬了一双呢面棉便鞋。他一进客厅便把衣扣解开，显得很闲雅洒脱。李玉茹则留在门厅里和九姑妈拉着家常。

曹禺和万老是第一次见面。当巴老为他们作了介绍以后，曹禺非常热情地握住万老的手说："我也姓万，我和你是本家哩！"他们立即像老友一样交谈起来。

"我早就知道你了。五十年前，我在商务印书馆工作的时候，从沈雁冰、郑振铎编的刊物上就看到过你的名字。"万老说。

"我也知道你，你当时为书刊插图。你是动画鼻祖，你的《大闹天宫》在国外很出风头哩！"

"那时你在上海住哪里？"巴老问。

"我住在宝山路，'一·二八'商务印书馆炸了，我到北京做复版工作，郑振铎还请我到来今雨轩吃饭。"

"来今雨轩在中山公园。"巴老准确地说出了饭店的地址，"郑振铎也请我在来今雨轩吃过饭。"说着说着，他们都开心地笑了。他们谈着共同经历过的生活，共同认识的文化人，表现出惊人的记忆力，简直难以让人相信，他们三人的年龄加在一起已是二百四十岁了。

万老怕巴老太疲劳了，剪完第二个头像就要告辞。巴老忙让女儿小林取来一本《真话集》，摘下眼镜，在扉页上签了名，送给万老。

万老收拾好工具，接过书，准备走，巴老从圈椅上站起来，忙着找寻自己的眼镜，可是怎么也找不到。我们怕眼镜掉到地上，也帮着找了起来，可是地毯上干干净净，一片红绒绒的。

"万老，你口袋里鼓鼓的，有眼镜吗？"我看见他把眼镜放到工具包里，口袋里怎么又有一副？

万老往自己中山装口袋一摸，果然摸出一副玳瑁边眼镜，正是巴老的。他笑着说："到底老了啊！"

"不，万老不老，这是孙悟空的新招啊！"我也笑着说，引得大家都笑了起来，巴老的客厅里一片欢乐！

巴金与一个花匠的故事

巴金先生从杭州回来了。

5月初，我到巴老寓所去看望他，他已吃完早饭，到长廊改装成的太阳房里去了。

我穿过客厅，走近他身边。

他坐在面对花园的有扶手靠背的木椅上，正在看书，听见我的声音，把书放到椅旁的茶几上。我看见了封面，《国防部长浮沉记》，这是记述彭大将军的。

巴老自1982年岁末在书房摔折股骨后，又发现患有帕金森病，接连摔跌过两次；他身体变得虚弱，腿脚无力，很少出门。1986年和1990年秋天，经人再三劝说，他才到杭州去住了半个月，回来时，健康状况都有明显好转。这次应邀再去小住半月，虽然暮春天气，时暖时寒，雨多晴少，但面对如画的山山水水，宁静清新的林中空气，清澈甘甜的泉水，对于长期患病、很少出户的老人来说，该有多么新鲜，多么有益！

巴老脸上确实有着沐浴阳光后的色泽。

"李先生,在杭州过得好吧!"他是我的老师、章靳以先生的好朋友,我一向这样称呼他。

"这几天不太好。咳嗽。"他声音有点沙哑。

看看他穿的衣服,真够多的。这两天气温已达 20℃以上,他穿了两件绒线衫,外面还罩着茄克衫。

"他这是热咳,不是冻的。"九姑妈在一旁解说。

"穿得太多了,脱一件吧!"

"好!"他生活上总是很随和。

家里人替他脱了件绒线衫。

多少年来,在巴老家里,我从未听到过他主动要别人为他做这做那;他自己的事,一向不愿意麻烦别人。可是他患了帕金森病后,手脚无力,自己穿脱衣服困难,他也不主动叫人为他加衣或减衣,热就热点,冷就冷点。他又有气管炎,稍不留意,很容易发病咳嗽,咳起来,晚上就睡不好。

"看过医生了,在吃药,白天咳得轻一些,晚上咳得狠。"说着,他伸手去取茶几上的药。

我忙把茶杯送到他嘴边,他一口吞下了十几粒清宁丸和一小盅棕色止咳药水。

过去,我也患过气管炎,也曾久咳不愈,我深知这种咳嗽的麻烦,又无速效药可用。我说:"消炎得慢慢来,少说点话,说话伤精神,让我说点有趣的给你听吧！"

我们正说着，巴老突然向窗外举起了右手，脸上露出纯纯的笑容，唤了一声："花师傅！"

我扭头一看，原来是上海作家协会的那位矮小精干的花师傅。一头浅浅的茸茸白发，穿着洗得有些发白的老蓝布对襟衫，正满面笑容地举手向巴老打招呼。

我早就发现，巴老对小孩子和花师傅，有一种特殊的感情。

虽然在我们这些常到巴老家中走动的晚辈面前，巴老也较放松无所拘束，可是面对小孩和花师傅，他笑得特别憨甜，镜片后面老是闪烁着温厚柔和的目光。

今年寒假，巴老的外孙女端端因眼疾，戴了副墨镜走来，巴老很风趣地跟端端开玩笑说："你像是个海外来客。"端端假装生气地朝巴老撒了个娇，巴老像个顽皮孩子似的咧开嘴笑了很久。

前两年，巴老的孙女还很小不懂事，巴老想让她走近一些，呼唤"狗狗蛋"时流露出的慈祥眼神，以及最近每每提到"狗狗蛋"说自己很想她时的声调和眼神，都表露出他对天真无邪的小孩子那一份醉人的慈爱柔情。

巴老对花师傅——一位不识字的耄耋老人，也有一种不同于一般友谊的感情。我说不出来，那是一种什么样的感情。

我常常在巴老家遇见花师傅。有时他送一两盆时令鲜花放在门楼前的石阶上，有时送一点枯枝碎木为过冬作准备。每次来，他都要透过长廊的玻璃举手向巴老打招呼，巴老也向他投去友好、真挚的微笑。

最近一次，是今年2月7日，我去看望巴老，外面寒气很重，陪巴老扶着助步器在长廊上散步。

花师傅来了，他穿过花园石径从落地长窗进来。

巴老停住步，脸上露出亲切的微笑。

花师傅已九十一岁高龄，可腰背挺拔，腿脚硬朗，只是两眼不那么清亮，耳朵也有些重听。他径直走到巴老面前，像老友般用地道的上海本地话对巴老说："侬（你）精神蛮好，气色蛮好。"

巴老笑着说："花师傅，你比我年纪大，你身体不错。"

花师傅听不清对方的话，自顾说自己的："两条腿要慢慢能（慢慢地）动个动，两只脚夜里要在热水里泡上泡，格样（这样）血就活络了。"

巴老不一定能完全听清花师傅的话，但一直友好地望着花师傅，认真地听他说。

花师傅对巴老说："侬要多吃点，身体会好起来。"说完，又转过身告诉我，他自己每天早上喝一酒盅"糖浆"，蛮好的。我说，那大概是蜂王浆。他又转回身对巴老，"侬面色蛮好的，多吃点！"

花师傅一脸真诚，像兄长般，按自己的生活经验再三叮嘱巴老在生活上要注意些什么，巴老也是一脸纯纯的笑，想说什么又插不上话……

我正好带了只相机，拍下了他俩交流的镜头。

"我走了。"花师傅转过身，"侬事体忙来兮。"跨出长窗，他还回过头叮嘱一声："当心点呀！"

这时巴老才插上了话："花师傅，谢谢你呀！"

花师傅仍然没听见对方的话，边走，边说："侬气色蛮好，好好能休养，多动动，多吃点……"

巴老推着助步器朝前走了几步，看着花师傅背影消失，脸上还留着温馨的笑。

我觉得，虽然他们文化素养、生活习惯、工作性质完全不同，他们之间语言交流又有些障碍，但他们用目光表达着相互的好感，用心灵感受着对方的真情。

我把自己的感受告诉了巴老。巴老说："他对我的印象很好，我对他的印象也不错。"

巴老告诉我，他和花师傅早在1966年那场史无前例的动乱前就认识了，可是不大接触。巴金的爱人萧珊和他较熟，每年冬天，都送去几盆怕冻的盆花放在作协的暖棚里托他照看。直到1966年下半年，巴金作为"黑老K"被监督劳动，从那时起，他俩才开始熟识。

花师傅姓姚，大名根荣，可是大家都习惯叫他花师傅，他的真名倒常常被遗忘了。他可算是上海巨鹿路675号作协大院的"开院元勋"。从1952年中国文学工作者协会上海分会（上海作协前身）在 675 号门口挂牌开始，花师傅就是大院里的绿化工人。他一直是个鲜为人们注意的小小花匠，平时除了在园里劳作，就是在楼梯下那间废弃了的阴暗潮湿的锅炉间里休息、吃饭。只是到了 1966 年下半年"文革"开始，他才被造反派"用"上了。

平时，他从不参加大楼职工的任何学习、会议，可是他经常在传达室和大门口，用自己的眼睛看，用自己的耳朵听，他对大楼上上下下，谁好，谁坏，都有他自己的看法。

他早就知道巴金的名字，也听人说，大楼里最早的那部小轿车，就是以"巴金工作用车需要"为名购置的。可是他从未听说巴金因私事坐过这部小轿车，1966 年后，多少人随随便便就坐这部小轿车，他心里总觉得不对劲。

多年来，巴金不在作协机关上班，说不上和花师傅有什么接触，可是在花师傅眼里心里把巴金和别人作比较，对巴金已有了自己的认识。

1966 年 8 月以后，巴金被揪进了作协"牛棚"。从此，花师傅每天都看到巴金走进这座大院：那么质朴，那么认真，来得那么早，走得那么迟……

不久，上海戏剧学院"革命楼"的一批"革命小将"来了，他们用排笔蘸着墨汁，在院子里刷了斗大的字：

"庙小妖风大，池浅王八多"，横批是"造反有理"。

一批又一批本市和外地的"革命群众"前来串联，

很多人像观看"稀有动物"似的围观胸前佩戴着姓名牌子的"牛鬼蛇神",当然,巴金成为大家围观的第一对象。

花师傅被监督组的人启用了,要他安排、监督一部分"牛鬼蛇神"劳动改造。

巴金是交由花师傅安排劳动最多的一个人。

不识字,更没有什么理论指导的花师傅,对那时发生的事情很不满意。他看不惯乱糟糟的秩序,他大声呵斥在绿茵茵草坪上乱踏瞎哄的人,他责骂随手攀摘花枝的人。而对这些著作等身、学富五车、上了年纪的"牛鬼蛇神",他却是那么温和,只叫他们在草坪上拔拔野草,做点轻微劳动。他总是体谅地说:"你们慢慢能(地)拔好了,拔个拔就歇个歇(拔一拔就休息一下)。"有时干脆对他们说:"你们坐勒(坐着)勿要动,看伊拉(他们,指监督组的人)来了再去拔。"说完还要气冲冲地加上一句:"搞啥个墨事(搞什么名堂)!"

花师傅的所说所做,使当时被打入"另册"、人人皆可训斥的"罪犯",感到少有的温暖。

最让巴金感动的是,有一天,不知哪里来的"革命小将"要造"反动学术权威"的反。花师傅在传达室看到了这些杀气腾腾的"小将",立刻来到园中,对几个正在等待分配劳动的最引人注目的人说:"你们快点去躲个躲,勿要让伊拉碰到。"花师傅自己却等在草坪上。当那些小将吆五喝六地大叫"巴金出来"时，花师傅大声回答："巴金今朝呒没来，你们到别个伙堂（别的地方）去吧！"

花师傅以自己微薄之力，保护了几位文化老人的尊严，使他们少受一次羞辱……

也许，巴金从这位花师傅身上，看到了自己所熟悉的什么……

巴金虽然出身于官僚地主家庭，但他从小就讨厌"上层人"之间的虚假礼节。他常喜欢和轿夫、花匠、"下人"们在一起，听他们讲述青年时代悲惨的故事，在家里敬神的时候，设法躲进轿夫的住处，向他们询问打听外面的事情。和仆人、轿夫在一起的时间多了，看到了他们怎样怀着朴素正义的信仰去过苦的生活。

巴金非常喜欢一个姓周的年老瘦弱的轿夫，常常到轿夫们休息的马房里去，躺在老周的烟灯旁，听他讲各种故事，有时还在老周做饭时，帮着烧烧火。

老周常常对巴金说："要好好地做人，对人要真实，不管别人待你怎样，自己总不要走错脚步。自己不要骗人，不要亏待人，不要占别人的便宜。"他还要巴金记住"火要空心，人要忠心"。

巴金说，自己一生都受了老周的影响，衷心怀念、热爱他，称他为自己人生道路上的"第二个先生"。

也许，巴金从这位花师傅身上看到了老周的影子。

他们不是都同样地怀着朴素的正义的信仰吗。

难怪巴老告诉我，他"对花师傅的印象不错"。当他在 1976 年被宣布"作为人民内部矛盾处理"，挂到出版社编译室，可以搞点翻译工作以后，他想到要整理一下荒芜的花园，便开始商请花师傅每周到家里来帮帮忙，这样他们接触的时间便更多了。

花师傅也确实对巴老的印象很好。他曾不止一次地对我说："老巴这个人真正好，他的小人（子女）也个个好！"

他关心巴老的健康，关心巴老的外事活动，他常对我说："我拿了两盆鲜花放在门廊前，外头的人到他屋里去，好看点。"……

1989 年 2 月，巴老第三次跌跤，在医院里住到了 9 月，没有想到，出院前夕，花师傅会找人陪着到医院去探望。手里还捧着特地买的一束鲜艳的康乃馨……

后来我问花师傅："你为什么要人陪着去医院？"

他说："我从来没有进过这医院，摸不着。"

我说："作协那么多领导都住过这医院呀！"

他说："他们跟我不搭界（没关系）。"他这是第一次给病人送花。

我知道作协简易花棚里是没有康乃馨的，我问他为什么不用自己的花而要买呢。

他说："生病的人送康乃馨好，我盼他身体快点好起来！"说着，他有点骄傲地竖起大拇指对我说，"他是我们国家的这一个。"这个倔老头，有他自己的标准！

在十年动乱中，花师傅保存过花园水池中站立的浴女和池旁的喷水青蛙免遭劫难；在秩序大乱的日子里，他坚守自己的岗位，把作协花草树木保养得很好；他还帮着管门，照看财产，俨然像作家协会的当家人。他现在还不愿离开他照看的作协院内的那一片园子，他离不开花园。

1989年冬天，在花师傅九十岁生日时，作协为他举办了一个小小祝寿会，巴老特地让女儿小林买了件羽绒背心送给他在园里工作时御寒用。

巴老是关心花师傅的。

巴老家里的花园已请了年轻人照看。巴老关切地对花师傅说，"花师傅，年纪大了，多保重，我这里不必常常来了。"

这次，巴老从杭州回来，还想着为花师傅带回两包新茶，让他劳动后解解乏……

花师傅还是来了。他这是不放心别人照料巴老的花园。他要常常来看看，他要按自己的意愿安排，这不，他又从通向花园的门口搬起一只花盆往楼门前走。

巴老赶快制止："花师傅，太重了，不要搬。"巴老怕花师傅闪了腰。

花师傅听不见。自顾搬自己的。

巴老羡慕地对我说："花师傅力气真大，但他的腰不太好！"

我问花师傅："为什么要搬花盆？"

他说："老巴回来了，天气好了，外头会有人来，花盆放到门口，好看点。"

我凑近他的耳朵说："巴老怕你搬重东西，闪了腰，要你不要用力。"

他的眼睛突然亮了起来，很富感情地说："我蛮好，呒啥关系，老巴的脚要当心，要多动动。过些日子，有了茉莉花，送来让伊香香。"

巴老望着花师傅，按照花师傅所说，两只腿朝上提了提，脸上露出憨甜的微笑。

花师傅看见巴老坐在椅子上在动腿，也甜甜地笑了……

人走茶不凉

——巴金和靳以的故事

　　俗话说：人在人情在，人死两丢开。可是我的老师章靳以谢世已将近四十年，他的老朋友巴金还念念不忘他们的情谊，还真心实意地关照靳以师的后代。

　　提起靳以，也许年轻人知道的少，但在20世纪三四十年代，靳以在文坛上非常活跃，他和巴金都是抬着鲁迅先生的灵柩到灵车上的青年作家。他写作，他编刊物，后来还在大学文学系任课，培养了不少文学新秀。

　　靳以和巴金的友谊，是从1931年开始的。那时靳以还在复旦大学商学院读书，在这年同一期的《小说月报》上，发表了他和巴金的短篇小说，于是他央人介绍认识了巴金。由于靳以热情坦率的性格和相近的文艺观点，两人很快成了朋友。

　　1933年底，靳以在北平和郑振铎一起创办《文学季刊》，请巴金担任编委，直到1957年最后一次联手编刊物，他们二人合作编刊物长达二十多年。

巴金在回忆他与靳以的友情时说："1931年以后，我们或在一个城市里，或隔了千山万水，但从来没有中断联系……我们彼此鼓励，互相关心。"

我是他们最后一次联手合编《收获》时的编辑，有幸目睹了他们之间的情谊，那真是互相尊重，互相关心，真诚相待。

不幸的是，靳以师因劳累过度，潜伏的心脏病突发，1959年11月，刚刚年过五十岁就与世长辞了。

所幸的是，靳以、巴金近三十年的友情，却未因生死相隔而结束，巴金对靳以的感情以及对靳以后人的关怀从未间断过。

记得1987年《收获》创刊三十周年，新老作者均为编辑部的纪念册写了回忆文句。冰心老师也写了一段极富感情的文字，可是没有提到当时创刊的靳以，巴老看得仔细，立即用颤抖的手在原稿的两处地方，加上了"靳以"的名字。我知道巴老是从来不擅改别人文章的，当问起此事时，他带着孩子般纯良坦荡的微笑告诉我，这是合理补充。

过了几年，我听到有人议论曹禺的成名作《雷雨》曾被靳以压着，后来是被巴金发现的，便去问巴老。那时巴老已患病住院，听我讲了以后，非常明确地告诉我，《雷雨》曾给《文学季刊》的一位编委看过，被否定了，而靳以并未退稿，却把稿子交给我，是想请我出来说话，这就是对《雷雨》的支持。后来，这个剧本由靳以发在《文学季刊》上，破天荒地一次登完，这更说明了靳以肯定《雷雨》的态度。

巴金的这两件事足以表达出对老友的尊重、爱护、理解，这是一种什么样的胸怀与情谊啊！

巴老对从小患多发性神经炎致残的靳以的女儿南南，表现出更细微的关爱。1994年当他得知南南的儿子考取大学自费读英语专业时，就让家人买了一台英文打字机送去，鼓励靳以的外孙学好专业。这孩子果然不负巴金先生期望，成绩很好，毕业后，得到某公司重用。

巴老内疚地对南南说："我实在没有能力照顾你们。"巴金自己连日常生活都难以自理，能要他怎样照顾呢？

那天，当我到医院探望巴老时，南南也摇着手摇车来到了医院。巴老虽然近几日有些疲劳，但见到南南，仍是很高兴，眼睛里闪烁着慈父般的目光，他让身边的人取出早已题签了的新近出版的《书简》交给南南，作为1998年的新春礼物。书，是巴金几十年来赠送友人的珍贵礼物。

在病房里，我们又谈起了他和靳以师一起编刊物的事情……仍是那么新鲜、动情！

友情永恒

——巴金与靳以的情谊

我的老师章靳以辞世已整整三十五个年头了。

他走的那一年，刚度过五十岁生日。巴金先生送给他的生日礼物羽绒被还没有用过。他与巴金先生最后一次合编的大型文学刊物《收获》刚刚出版满三周年——这是风雨交加的三年。他支撑着，编得很艰辛，可是他没能看到1959年最后一期刊物，就丢下校样离去了。半年后，刊物也在稿源和纸张困难的窘境中停办了。最后是由巴金来做结束工作的。

一切都是那么急促。

那一年，是我们共和国成立十周年，靳以师异常兴奋，充满激情，下生活，编刊物，写文章，陪外宾，还要到工厂去跟班劳动，好像有使不完的劲。但他毕竟不是青年，人一累，潜伏的心脏病便发作出来，住进了医院。病刚好出院，一累又住进医院，反反复复，第三次入院后就没能再出来。

巴老一直怀念共同创办《收获》的这位主编，近年来不下十次对我谈起他的事情。

巴金、靳以、曹禺是文坛三友。在 1957 年我最初到《收获》工作时就听人说过。工作中我亲见亲闻两位主编工作中结成的友谊，也经常听到他们讲起住在北京的家宝。

没有想到，平日生龙活虎般的靳以师竟然会英年早逝。巴老却从未忘记自己的好友，常常提起："靳以那时太累了，他本来可以活得再长些的。"巴老对好友表现出无限的思念与惋惜。

当巴老再一次向我讲起靳以师如何喜欢编刊物时，我脱口而出："您俩都爱编辑工作，有很多共同处，但性格上有些不同。"

巴老的眼睛微微扬了扬，露出不解的神情。我解释说："李先生，您不善于讲话，可是章先生很会讲话，也很喜欢讲话。"

巴老脸部线条这才舒展开来，从容地说："你不知道，靳以本来也不会说话的，是抗战以后到重庆去教书练出来的。"接着巴老又幽默地补充一句，"我倒一直没有机会练。"

这确是我不知道的。我听章先生讲课，旁征博引口若悬河，听他在编辑部安排工作，有说有笑滔滔不绝。

不过我也知道，靳以师和巴老在一起时，常听巴老出的主意，这说明并非巴老不会说话，只是讷于在大庭广众和陌生人面前开口而已。

"我们是无话不谈的。"巴老说，"不过我们也有过分歧，那是对解放前作品的看法上。解放后，我准备再版《寒夜》，认为过去有些作品还是可以出的。靳以却认为过去的作品都不该出了。"

当然，巴老不会放弃自己的见解，靳以师也不会强迫别人接受自己的看法。善良正直、坦率真诚使他俩友谊弥笃。

二十九年交往，三十五年思念。巴老不但始终不忘老友，对老友的遗孤也关怀备至。

当他得知靳以的外孙考取自费大学读英文专业时，就让家人买了一台英文打字机送去。

他自己年老且病，连日常生活都难以自理，却对靳以的女儿——学有专长工作出色的译文编辑说："我现在没有能力照顾你们。"表现出内心的惴惴不安。

这是怎样的一种情谊啊！

巴金谈《雷雨》的发表

《雷雨》在戏剧舞台上盛演不衰。它拥有观众面之广，得到赞誉之多，已在中国话剧艺术发展史上留下了光辉的一页。

对于《雷雨》的发表，作者曹禺一直是对巴金心存感激的。他不止一次地对人谈过，《雷雨》在 1933 年 8 月底脱稿以后，他就把剧本交给了当时在《文学季刊》工作的好友靳以；半年后，这个剧本才由靳以交给巴金，巴金读完剧本立即推荐给《文学季刊》的主编郑振铎发表……由于《雷雨》的发表，使巴金、曹禺成了朋友。

巴金先生曾告诉过我：曹禺和靳以是换帖的兄弟。他自己和靳以是 1931 年认识的，那一年，他和靳以的作品在同一期的《小说月报》上发表了，靳以便通过一位学世界语的同学介绍，到闸北宝光里 14 号巴金当年的住处去看望他，从此成了朋友。

1933 年靳以和郑振铎在北京创办《文学季刊》，巴金正好到北京看望沈从文，曾和靳以一起住在三座门14号文学季刊社里。就是在那时，他才认识了曹禺。以后，他们三人作为文坛三友，经常为人并提。只是靳以英年早逝，他离开文坛已经整整三十四年了，今天很少人再提到他。不过巴金先生至今还常常向我提到："靳以死得太早了，很可惜。他是累死的……"表露出无限的惋惜和怀念之情。

我是靳以的学生，又在他生前最后一次和巴金共同主编的大型文学刊物老《收获》从创刊开始，工作到停刊，对他的编辑思想和作风是比较熟悉的。

靳以编刊物很注意团结老作家，也很重视新人的发现。他在工作中对编委、作者、编辑、读者都很尊重。可以说，团结人、尊重人是他一贯的作风。

这里，就要提到《雷雨》这个剧本的发表问题了。为什么稿子交到他手中会压了半年之久才被巴金读过以后推荐发表呢？

据靳以的女儿南南告诉我，她曾听父亲说，这部剧作是请《文学季刊》编委、剧作家李健吾看过的，被李健吾退回。

最近，我又去问了巴金先生。他笑着对我说，不能说是我发现《雷雨》的。

我说："是你推荐出来的呀！"

他说："是靳以给我看的呀！"

我把南南对我说的话告诉他。他说，是的，先给别的编委看过，希望他们能推荐，但他们不推荐，说写得乱，靳以不愿退，就压在抽屉里，那时我们两人同住在文学季刊社里。这里有南屋和北屋两排房子，我和靳以住在北屋，我住东头，他住西头，我们中间隔着书房。晚上我们经常在一起。一次，我们谈起怎样把《文学季刊》办得更好，怎样组织新的稿件，靳以说，家宝写了一个剧本，放了几个月了。家宝是靳以的换帖兄弟，他不好意思推荐家宝的稿子，我要他把剧本拿来看看。我一口气在编辑部的屋子里读完了，决定发表它（《雷雨》就是在这样的背景下由巴金推荐发表的）。

我有点不解地追问："为什么他自己不推荐呢？"

巴老笑了："靳以有点怕郑振铎。有些事我还能讲话，我讲话还有作用。郑振铎不大听他的，所以靳以把稿子交给我。"

"为什么？"我问。当然我知道巴金在20世纪30年代名气就很大。可是靳以当时是主编之一，应该说权也很大的呀！

巴老告诉我，那时他们俩住在一起，晚上常常商量事情，他们在《文学季刊》再版时，取消了一篇批评丁玲的书评《夜会》（没有通过郑振铎），郑振铎事后看到了再版的刊物非常不高兴，对靳以有了意见。那时巴金只是编委，靳以和郑振铎是主编，但巴金的主意多，爱管事。

巴金知道靳以有自己的苦衷。他以为靳以没有因为这稿子第一次被编委退回就退还作者，而是交给他，请他出来说话，这本身就是对《雷雨》的支持。所以他说："《雷雨》不能说是我发现的！"

但是，《雷雨》是由巴金推荐发表的，这是事实。当时巴金说自己读《雷雨》时"流了四次眼泪"，还因此引起了一场"眼泪文学"的争端哩。《雷雨》在《文学季刊》上一次登完，这也是破天荒的事。不过《雷雨》发表后，作者也没有拿到一分钱稿费。因为《文学季刊》当时经费困难，一般都不付稿酬的。

巴金对《雷雨》的喜爱、肯定，对作者的创作情绪、信心，必然起了极大的鼓励作用。作者后来又写出了《日出》《北京人》《原野》等名剧。

巴金先生深情地说，曹禺的这四部剧本至今也很少有人超过。可惜他以后几个剧本也没法与这四部剧本并提……

"靳以编了不少刊物，发表了不少新人的好作品。可惜他死得太早了！"巴金对自己的朋友仍在怀念！

向巴金约稿

前脚刚刚送走了一家刊物的编辑，后脚又迎来了另一家刊物的编辑。照例地寒暄问好，然后谈到正题："我们这次来，见到了某某、某某作家，向他们约了稿。他们都很热情，答应在年底前交稿，但是，我们怕向他约稿的人太多，稿子会被中途拦劫了去，飞了。所以想请你代我们关心一下，经常催一催……谢谢，谢谢……"

这些编辑同行们讲的话，除了声调有些不同，内容几乎完全一样。

我回想自己到外地去组稿时，也曾向熟悉的同行讲过上述这些话，不禁有些黯然。

真想不起来是从什么时候起，编辑与作家之间竟失掉了信任。

也许是我的运气特别好，刚开始走上编辑工作岗位，就遇到了非常真诚、讲信誉的作家。

记得那是20世纪50年代初期，由我的老师靳以介绍，作家巴金答应为我当时工作的少年儿童刊物写一篇稿子。他和我约定了交稿时间。这以后，我也没有去催，也没有去问，直到与他约定的交稿时间，我才到淮海路他当时居住的家里去取稿。他已把稿子折放在信封里，等我去取了。

以后，我调到了文学刊物编辑部，继续向他组稿。有时，他会拒绝说"这一段时间我没有空写"；或者说"我要到外地去写东西，没有时间写"。但，他也有答应的时候，而每次他答应交稿，就决不失信。他说什么时候交稿，也决不会推迟。

向他约稿，完全用不着担心稿子会飞了。巴金先生对编辑工作的支持，对作品严肃的态度，我是深有所感的。

记得1977年年底，我们为纪念陈毅同志逝世六周年，请巴金先生为1978年第一期的刊物写一篇纪念文章。他对陈老总很有感情，约稿的时间虽然很仓促，但他还是答应了。12月16日上午，我如约到他家去取稿。和过去一样，他已把稿子放在信封里了。当时，他正和客人们在客厅里交谈，我取到稿子就急急赶回编辑部发稿。

想不到第二天上午，我收到了他的一封信。内容很简单。

　　新琪同志：客人走后，我才想起来，我

　　把"六年"写成了"五年"，（明年一月是陈毅同志逝世六周年纪念）请代改正，麻烦你了，祝好！

巴金　十六日

　　我看着这封短笺，心情非常激动，巴金先生这么认真，这么仔细，我真想不出恰当的语言来表达当时的心情……

　　我更尊敬他了。

　　这以后，他的外事、内事活动频繁，他身体又渐渐病弱。我很少专程去向他约稿。

　　直到1982年3月底，我去看他。当时，他正在客厅里整理书籍。我谈到刊物准备出上海作家作品专号，希望他能写一篇作品，他不禁激动起来了，说，年纪大了，现在需要休息，谁催他写稿就是逼他……小林告诉我，这一阵他身体不好，前几天意大利外宾来家拍照，也很忙累了一阵，这两天他容易激动。

　　我马上对他说："我不催，只在你想写的时候写，三言两语都可以。"

　　1982年11月他因左股骨粗隆间骨折住院。在允许外人探病以后，我去医院看他。那时，他的左腿正做牵引术，固定在床上不能动。我径直走到他的床边。

　　他见到我，忙不迭地对陪伴在旁的国煣说："去把我写的文章给她。"开始我们都愣了一下，他再说一遍后，国烁才领悟过来，忙从床头柜里取出一张剪报交给我。这是他回答一位外宾提问的一篇散文。我接过文章正要看，他说："你带回去看好了。"

真想不到他记住了我3月份向他约稿的事。

我拿着这篇文章，眼眶润湿了……

我还遇到过很多讲信誉的作家。作为一个编辑，我多么感激他们！

但是，我也听到一些作家对我说，现在向他们约稿的刊物实在太多了，他来不及写，可又怕别人说他"太骄傲""有架子"，便采取来者不拒，一概答应的态度。谁知这么一来，就引起了编辑的担心，就引起了编辑南来北往频繁的奔波，引起了编辑找编辑代为催稿，代为盯稿的事，也出现了作家爽约的事。

每遇这种情况，我都会想到巴金先生对待编辑约稿的真诚、坦然、认真、实事求是的态度。

巴金为我看校样

1994年3月，巴老签赠了《巴金全集》最后一集（二十六集）给我。这是他的日记编（下）。

我从心底佩服巴老的记忆力和韧劲。除了有几年的日记遗失了和"文革"期间没法记日记外，他的日记从不中断。他用字极简练，内容却很丰富，很多人事往来的时间也记得很精准……巴老说："我记的只是为了便于自己以后回顾的。"

他的日记中，有几处提到了我，看后也勾起了我的回忆。其中1977年12月2日、3日有这样两则：

"二日（晴）……晚饭后看了一阵电视。小彭送来她的短篇校样，替她看了一遍，觉得后半还不错，感动人。十一时半睡。"

"三日（晴）……八点前小彭来，把校样交给她即动身去编译室。"

巴老提到的这个短篇小说，就是发表在1977年第三期《上海文艺》上的《禁声》。

那时十年动乱刚刚结束，停刊十一年的《收获》酝酿复刊。但当时又怕被戴上"复辟"的帽子，所以刊名用了《上海文艺》，既不说是复刊，也不说是创刊。

十年动乱中，上海作家协会被"砸烂"了，刊物停办，工作人员大多"四个面向"分配到工厂、农村、学校、边疆。我是"面向中学"的，所以在一所中学当了五年语文教师，《上海文艺》出版前才调回编辑部。

那时钟望阳（苏苏）同志任文联负责人兼管编辑部的工作。他知道我到中学当了几年教师，有好几次在编辑部碰头会上提出，要我把当教师的一段生活写篇小说。

说实话，我已有十几年不拿笔了，也很少看书，要立即把学校生活写成小说，我是很紧张的。但老钟说话是很认真的，他丝毫不放松，每次开会都要问我。他这是爱护我。没办法，我硬着头皮在一周内写出了初稿。

幸运的是，那时茹志鹃在编辑部工作，她当了我的责任编辑。初稿确实很粗，但她对作品里具有的生活气息持肯定态度，还把稿子送给另几位资深编辑传阅。大家提了意见让我修改。

我认真地修改，但总感到有些力不从心。

老伴看我如此辛苦，又常听我说到巴老如何如何，他便给我出主意说，你何不把稿子送给巴金看看，请他帮你改改。我不肯。我说不行。

后来，我改完了小说，送印刷厂排印了。老伴还是要我请巴老看看帮我改改。他说，你有这么好的老师，机会这么好，为什么不送去请他改得更好些呢？

经他再三敦促，我的心也被说动了。终于在一次陪巴老参加完编辑部组织的短篇小说作者座谈会送他回家时，我试探地提出了请他为我改改小说的要求。巴老非常和蔼地微笑着说："我从来不给别人改稿的，但给我看看校样可以。"

我也很满足了，他肯为我看校样。

过不几天，《禁声》的校样出来了，傍晚下班时，我把校样送给了巴老。

巴老连夜为我看了六千多字的校样，第二天一早，我上班前，去他家取了校样。

校样上，巴老用红色圆珠笔改动了好几个字。我记得他把"范读"改为"朗读"，在"课上的事"的"课"字后面加了一个"堂"字，把"利"害改为"厉"害，还改正了几个用错的标点符号。他看得真仔细，改得很具体。我激动得把巴老为我改动的几处看了又看……

没想到巴老把这件事也记进了他的日记，而且还写了鼓励我的话。

巴老对我们后辈总是这么热情地给予鼓励。

20世纪80年代初，我读到不少作品，都写的是过去处在逆境中的男士如何痛苦，我有些不平地对小林说，我想写一篇关于妻子的小说。后来小林告诉我，她把我的话对巴老讲了："爸爸说，你会写得好的。"

巴老又是在鼓励我。我不想辜负他的鼓励。

1985 年，我写了一篇叫《还是忘却好》（发表在《女作家》1986 年 2 月号）的短篇小说，写一位妻子为了不伤害儿子，维持了一个不和谐家庭的故事。小说虽然发表了，但我觉得自己想说的没有写充分，很想以后有机会再另写一篇，因此，小说发表后，我也没敢把刊物送给巴老看。当然，我也是不愿占用巴老的宝贵时间。可是巴老对我的鼓励，我是记在心里的。

我会努力的，我会尽力的！

巴金谈读书

巴金如今著作等身。他一生爱书：读书、写书、编书、藏书。只是近年来，他患帕金森病，全身无力，写字困难，新作少了。可是他读书的习惯依旧。1994年新春伊始，我去拜见他，他正端坐在三面装有玻璃门窗的长廊里，手边茶几上置放着当天的报纸和几本新书。他正沐浴在柔和温暖的阳光之中。

●巴金 ○彭新琪

○李先生，知道您从小就喜欢看书，您对书怎么会有这么浓厚的兴趣？

●我对书的喜爱是从有兴趣的故事开始的，是为了消遣。我第一次看的闲书，是在家里捡到的一本破损的《说岳全传》，被岳飞的故事深深吸引了。后来，我又在家里找到《施公案》《水浒》等故事性很强的书。有时吃饭也放不下来。

○除了闲书，您还读什么书？

●小时候在学馆里读四书五经，读《古文观止》。

○听说您看书喜欢读出声来，是为了背诵吗？背诵古文大约是很有益的。

●只要不挨打，背书是有好处的。（笑）我读一些好作品总想理解它多一些、深一些，所以常常反复背诵，不断思考。有时我也朗读自己的文章，看看有哪些地方还需要修改，我总想让读者读起来有兴趣些。

○您是怎样选择书的？

●最早谈不上选择。家里有什么书我就看什么书，有兴趣就读下去，不过那时没有人把坏书拿出来给我看。后来人大一些，我二叔、大哥就借书给我们看。对外国文学的兴趣，就是从那时读了《说部丛书》开始的。这套丛书共三集，每集一百种，都是翻译小说，有文言有白话。这些书打开了我的眼界，使我关在家里也能看到外面世界，接触了各种生活，理解了各种人物。这对我十八岁离家外出起了重要作用。

○您印象最深的书是什么？

●很多书印象都深，不过《聊斋》里有一篇告倒冥王的《席方平》我至今还常想起。席方平讲真话受到严刑拷打，然而他还是要讲真话，他就是有骨气。我一直提倡讲真话，大概也受了书的影响。

○读好书，对一个人的成长有很大作用，好书能使

·人的心灵得到净化。

●我觉得每个人都需要有丰富的知识。没有知识不懂科学，怎么搞建设？没有科学知识，什么是社会主义也搞不清楚的。多读一点书就可以丰富自己的知识，提高自己分辨好坏的能力。如果书读得很少，缺少辨别力，只读坏书，就不行。

○您看，读书是不是要靠上大学？

●不一定。读书的途径很多，上大学、读技校、成人高校、补习班或者自学，都能获得知识。总之，人应该多读一些书，多学一些知识，不能一味追求金钱，没有知识光有钱也做不了什么重要的事情。我真希望青年人抓紧时间多读一些书，定会从中获得更多知识与智慧的。

巴金的幽默

　　我过去以为巴老是不善于说话的。不想，和他熟识以后发现，他在熟人和晚辈中，不仅会说话而且还很幽默。

　　在我记忆里，巴老常常会给小辈开开玩笑。有一次，外孙女端端因眼疾，在家中也戴着墨镜，她走过我们身边，巴老的目光追随着端端，他笑着对我们说，看啊，海外来客了……巴老略带诙谐地笑了，端端在一边娇嗔地唤着"外公，外公……"十分可爱。

　　有一次我去巴老家，请他谈谈童年的生活。他的记忆力好得惊人，儿时生活的细枝末节，都讲得栩栩如生。我听得入迷，竟有些忘乎所以了，不断向他提问要他讲讲当年向祖父请安时穿的什么衣服，质地和样式如何，问得非常烦琐，巴老一脸和煦的笑容对我说："可惜，我那时不知你要问我这些，否则我就记下了……"接着他自己也笑出了声。我在他的调侃中受到了教育。

还有一次，巴老的公子李小棠《关于行规的行话》发表后，在北京反响很大。我把这个信息告诉巴老，我当时想巴老心中是喜悦的，但他听了并没有接口夸儿子，而是突然说了一句："他也有一个缺点，就是太聪明了。"这怎么是缺点呢，我有点摸不着头脑，愕然地望着他。还是一旁的李小林解释说，最近上海某报刊上有一篇评论李小棠作品的文章，最后的一句话说："可惜作者有一个缺点就是太聪明了。"原来巴老又是借用别人的话幽默了一次。

我还记得，大约是在20世纪90年代的一天上午，我和一位报社记者都在巴老家里闲聊，正遇邮递员送邮件来。巴老从九姑妈递过来的一沓报刊中，拣出一封红蓝斜条花边的航空信，我知道这是冰心的专用信封，巴老立即用剪刀仔细剪开信封，取出叠得整整齐齐的信笺。我从他的镜片后的目光中看到了他的欣喜。我走了过去，巴老把信笺交给我看，原来是冰心的一张墨宝，在一张狭长的宣纸上写着：

巴金老弟存

　　人生得一知己足矣，斯世当以同怀视之

　　　　　冰心 九〇年八月十日

冰心老师的字写得多么俊秀飘逸，她是借用了鲁迅写给瞿秋白的前人联句，以表明二位文学巨匠的纯真情谊。

那位记者从我手中接过联句，欣赏了半天，然后走近巴金，笑嘻嘻地对巴老说："巴老，您能不能借给我复印一下？"

我被他的这一唐突要求愣住了。没想到巴老不慌不忙，也是笑嘻嘻地答道："××，我能不能不借给你复印一下呢？"多么机智幽默，顿时化解了尴尬，大家都笑了，谁都不难堪！

以上这些，是不是可以表明，巴老在一定的场合，不但会说话，而且相当幽默！

家庭和睦很重要

20世纪90年代，我经常去看望巴老，和他谈点社会上发生的事情。当时有一条新闻让我们非常难过，说的是一位优秀的学外语的大学生因要终止与男友的恋爱关系，而被男友残忍杀害的事，这在社会上产生了巨大反响。巴老也对此表示愤慨，认为现在有些人不懂什么是爱情，不会尊重人，占有欲很强，很多家庭的破裂也由此而发生。他又讲到自己的家庭是很和睦的，他从未见到父母争吵。他印象很深的是，他六岁时跟父母住在四川广元县衙门时，他喜欢跑到衙门里看父亲审案。有一次，他看到父亲对犯人用了重刑，便回到房中向母亲哭诉。当时母亲温和地对他说，大人的事很复杂，小孩不要管。可是到了晚上，等孩子们都睡下以后，他听到母亲轻言细语地规劝父亲以后不要对犯人动用大刑……此后，父亲确实不再用大刑。这件事在巴老幼小的心灵中留下很深的印记。在他的记忆中父母从不争吵，也从不打骂他们兄弟姐妹，家庭是很和睦的，这对他和兄妹的成长有着极为重要的影响，父母的言传身教使得他们在日后生活中，懂得尊重身边的人。

当我们谈到有些青年不懂怎么正确对待爱情与婚姻时，他谈到不是所有婚姻都是幸福的，问题是怎样对待。他的高祖（祖父的祖父）曾印过一本诗话，里面有他学生的诗，其中有个女生的诗写得很好，是个才女，可惜嫁给了一个俗商，后来抑郁而终，这是悲剧。他还说到家中也有不少人未能和心爱的人结婚的，这也是悲剧，但在父母相互尊重的言传身教下，最终都选择了忍让与承担，未有伤害对方。可见家庭的和睦，能使孩子们懂得尊重他人，健康成长。

这一时期，我受祝鸿生之邀，正为上海一本幼儿画刊帮忙。这是一本以普及育儿医卫知识为主的月刊。我趁此机会请巴老为这本刊物写篇寄语，以帮助家长和幼教工作者作育儿参考，巴老欣然同意，就由我根据巴老所说的内容写成了以下的这段寄语，由巴老审定签上名，刊登在 1996 年 1—2 月的合刊上。

附文：家庭和睦娃娃健康

在我的记忆中，我的父母从不吵架。大约在我五岁时，我们住在广元县衙门里，我常常去看父亲坐堂审案。有一次，他让衙役对一名大案犯人动了重刑，我当时听见犯人的哭叫声，心里很难过，就去找母亲诉说，母亲温和地对我说："你太小，还不懂社会上的事，以后不要去管大人的事情。"可是到了晚上我们睡觉以后，我听见母亲柔声细气地劝说父亲，以后审问犯人绝不要用重刑。果然，父亲以后对犯人再不用重刑了，在他的任期内也没有处死过一个犯人。在别的事情上，我的父母也是经常互相商量统一看法的。

父母对我们兄弟姐妹也从不大声训斥和打骂。我们如果做错了事，他们也总是耐心地教育我们，要我们改正。

我们的家庭是很和睦的，这对我们几个兄弟姐妹的健康成长关系很大。

巴金（签名）

下　辑

巴金萧珊之恋

巴金怀念他夫人萧珊的文字已很多了，但写巴金和萧珊爱情的文章却很少，不少作家不敢触动巴老这个感情的"禁区"。但是《上海滩》杂志的编辑鼓动我去做个尝试……

除了萧珊他没有爱过别人

在电视连续剧《家春秋》放映时，我曾经问过巴老："别人以为你是觉慧，觉慧和鸣凤相爱确有其事。你在成都老家爱过丫头吗？"

他认真地说："没有过。我们那样的封建家庭是不允许的。"

后来，我看了他在1930年写的短篇小说《初恋》，一个留法学生对法国少女的恋情，写得十分感人。我怀疑这是他自己的故事，也问过他。他淡淡地说："不是，那是我一个朋友的故事。"他还告诉我，在法国两年，他忙于学习、写作、翻译，很忙很忙的。言下之意，他没有时间和精力去恋爱。

可是从他那一时期的作品中，分明看到他有那么多的爱，莫非他也以为"爱情不过是生活里的一个小小点缀。它是火，玩火，是危险的。"（见《巴金全集》第九卷433页）难道他被火烫伤过？

这次，我直截了当地问他："在萧珊以前，你有没有爱过别人？"

"没有。"他回答很干脆。但接下来，他有些结结巴巴地解释说，"我有好些事情没有弄好……到年纪大一点，不同了，当时，对这事考虑不怎么样……"

我早听他的熟人说过，20世纪30年代在上海，有不少女学生给他写信，追求他的人很多。他自己也说，萧珊是上海爱国女中的学生，1935年读了他的作品，开始给他写信，1936年他们见了面，谈了八年恋爱才结婚。

我问他，当时有那么多人给他写信，为什么偏偏和萧珊相爱？

他格格地笑了，好像我的提问是多余的。但，他还是耐心地向我解释："接触的机会多了，慢慢就有了感情嘛！"

我不满意这样的回答，不是随随便便什么样的两个人，接触多了，就会产生感情的，更何况他们之间的感情是如此融洽谐和，执着而永恒。

我能理解萧珊对巴金的爱，是由爱读他的作品，为作品中体现的真诚、激情和高尚的人格力量所感动而产生的。

那么，巴金对萧珊的爱呢？

萧珊约巴金新雅饭店见面

我请巴老讲讲初识萧珊的情况。

巴老不假思索就脱口而出："我们是 1936 年第一次见面的。那时，萧珊写信给我，说有些事情要找我谈一谈，约我到新雅饭店见面。怕我不认识，会闹出笑话，便在信里附了张照片给我……"

那天上午，巴金先到了"新雅"，他在二楼选了间对着楼梯口的厢房，叫了茶，过了一会儿，照片上的那个有着一双明亮大眼，梳着童花头的女学生出现了。她一眼认出了巴金，快活地笑着，好像见到了熟人似的走了过去："李先生，你好早啊！"

"早，早！"

一开始他们就没有生分感，她大大方方坐在巴金对面，操着宁波腔的普通话开始讲自己的事情。她说话很急，巴金听得认真。

萧珊原名陈蕴珍，小名长春。她的母亲受五四新思潮影响，思想比较开通，在文学艺术方面也很有修养。萧珊只有姐弟二人，受母亲影响较大，姐弟俩都对革命充满激情。萧珊在学校还演过话剧，扮演《雷雨》里的四凤，由演戏认识了上海从事话剧运动的进步人士，经常参加活动。可是她父亲思想古板守旧，对她限制很多，所以她想离开这个守旧的家庭，到社会上去做个自食其力的人。

巴金诚恳地告诉萧珊，最近他刚写信劝阻过一个十七岁的孩子不要逃出家庭。他觉得孩子的心就像一只小鸟，在羽毛尚未丰满时，是不能远走高飞的，在这五光十色的社会里，会被凶猛的老鹰捕食。他用具体事例说明现实生活的复杂，要小孩子切不可盲目冲动。他认为年轻人应该有读书的权利，因为知识是人人应该有的东西……

巴金恳切的分析，打消了萧珊离家的念头。巴金平易近人，坦率诚恳，热爱人生的态度，拉近了这位大作家和中学生之间的距离。

从此，萧珊遇到什么麻烦，就去找巴金倾诉，巴金也总是热情地回答她。

这倒不是因为巴金一开始就爱上了这个天真活泼的姑娘，而是因为巴金了解青年，爱护青年，知道青年人渴求理解与沟通。他自己十六岁在成都时，读了《新青年》上的文章，就曾写信给《新青年》主编陈独秀，倾诉自己的苦闷，请求指明出路。可是一直未得到回信，使他在人生道路上摸索了很久，他为此感到遗憾。现在，青年向他倾吐苦闷，给青年一些提醒，他觉得是自己的责任。

巴老还告诉我，后来也成为作家的一位杨姓女生，第一次给他写信，写了满满十六张信纸。而萧珊的第一封信，却是很短，短得他都记不起内容了，可是字迹很特别，落款写的是"一个十几岁的女孩"。

萧珊做了"巴金小友"

萧珊是有些与众不同，她的信坦率、热情、真诚。"新雅"见面以后，她在给巴金的信中说："我永远忘不了从你那里得来的勇气。"她还表示，"很愿意知道你现在的情况，我们中间会了解的。"

巴金却把她当作小孩，在复信中总称她为"小友"。巴金满足了"小友"的愿望，在复信中讲了自己一天的工作情况。

萧珊却不满足于在信中得知的情况，她经常到文化生活出版社去看望巴金。

有一次，萧珊和后来成为靳以夫人的女友陶肃琼在马路上被人盯了梢。她赶紧拉着女友躲进福州路上的文化生活出版社找巴金保护。这一下，她是"巴金小友"

的事，便传到了她们的学校。

同学们都喜欢读巴金的作品，她们崇拜巴金，很希望通过"巴金小友"把巴金请到学校来演讲。可是萧珊不肯，她知道巴金不善于在公共场所讲话，她不愿做强加于人的事，但经不住学生会再三要求，她只好表示："那么，我替学校去请别的作家来演讲吧！"

萧珊把这件事向巴金说了。巴金很感谢这个看起来不谙世事、思想单纯的"小友"，她居然还这么了解自己，体谅自己，照顾自己。他把能说会道的剧作家李健吾介绍给了萧珊。

果然，李健吾演讲的效果很好，受到同学们的欢迎，可是有人发现了陪同李健吾一起来的就是巴金，于是来了狂热，非要巴金讲话不可。巴金不愿扫大家的兴，从后面走了出来，微微笑着对着话筒，一个字一个字地说："我是四川人。四川人是会讲话的，可是我不会讲话……"

听见这位笔下文思如潮，说话乡音未改，很有些幽默感的作家的大实话，同学们满足了。掌声淹没了他的结束语。听过他这次讲话的人，至今还记得他那四川话特有的韵味。

第一次同游青阳港

　　1936 年底，巴金的朋友马宗融夫妇要到桂林去半年，请他住到襄阳路敦和里他们的家里，代为照料。每天，巴金都到文化生活出版社去看稿、编辑、校对，有时还到别的编辑部去校改自己的文章，晚上回到敦和里，又要伏案写稿。这时他的长篇小说《春》正在《文季月刊》上连载。他习惯于晚上写作，常常是从深夜写到凌晨才倒在床上呼呼睡上一觉。

　　萧珊关心巴金的生活，常常到敦和里来看望他，很快便和马家的老保姆黄妈熟了，她爽性通过黄妈了解、关心巴金的起居情况。

　　巴金自从 1923 年离开成都老家以后，很少同女性交往，更少得到女性的关怀。萧珊的来访、关怀，使巴金的生活有了更多的色彩，写作激情更高了。

　　过去，巴金写作一段时间，就要外出旅游访友。1937 年初夏，巴金完成了手头的一些工作，和靳以等几个朋友参加旅行社办的苏州青阳港半日游。这一次，他们邀请萧珊同去。

　　青阳港是旅行社新开发的一个旅游点，主要是划船。巴金两年前刚在北京学会了划船，还参加过在北海的划船比赛；划船是他最喜欢的运动。萧珊不会划船，但她喜欢拿着桨玩水，她和巴金坐在一条小船上，看见靳以的船靠近了，她就天真地大叫："快，快，我们不要让他们赶上来！"样子十分可爱，有时，她望着划得满头大汗的巴金，会温柔地问一声："李先生，你累不累？我们慢一点划吧！"人小，却有一颗温存体贴的心。

从苏州回来，巴金搬到霞飞路霞飞坊（今淮海中路淮海坊）和朋友索非一家同住。他的屋子里，除了一张书桌，一张小床外，都是书。简陋的书架上放着书，地上堆的也是书。有些书是他自己写的、翻译的，有些书是为朋友们编校的。除了书，就是堆得像小山样的读者来信。

索非女儿沈沧告诉我："那时，巴金阿叔真像是一部制造文章和书刊的机器。他每天夹着稿子忙出忙进。每晚，他房间的灯光都要亮到凌晨，他好像永不知疲倦……"

看来，巴金太忙了，他没有时间顾到别的：约会、恋爱、结婚。虽然那时他已经三十三岁。

萧珊有时间。

她天真单纯，善良热情，轻钱财，重感情，心口如一。虽然有时也有些娇气，可是她没有矫揉造作那一套。她大大方方出入文化生活出版社，来到霞飞坊。她关心巴金的创作、生活，经常给巴金带来青年学生的现实思想状况和对巴金作品的反映。她也坦率地讲自己的家事和自己的思想，她讲什么，巴金就听什么，可是巴金从不向她打听她的家庭情况。连她的年龄巴金也没问过。

巴老告诉我："我一直不知道萧珊到底是多少岁，直到她去世，才从她表妹那里弄清楚。"

我起先有些不解。巴老说："只要两个人好，年龄、家庭有什么关系！"

我释然了！记得1983年，有一次和巴老谈到萨特终身未婚，没有妻子，只有终身伴侣时，巴老说过："这是反对形式上的联结，应是内心的联结！"

我想，巴老和萧珊，不也是内心的联结么？

蛋形巧克力糖和眼泪

最初，巴金完全把萧珊当作一个小朋友对待。据当时和巴金同住一幢楼的索非的女儿告诉我，有两次复活节，她都看见"巴金阿叔从老大昌买回很大的蛋形巧克力糖，萧珊来玩过以后，高高兴兴地捧着糖离开"，"萧珊喜欢吃巧克力，巴金阿叔特地为她买的。巴金阿叔也买了个小的给我们……"

萧珊也用自己的方式关心、照顾巴金。对离家十几年，一直过着独居生活的单身汉来说，少女的温存、关怀、信任，无论如何都是一种精神力量。他们的交往，使彼此都更快活，更有朝气。

可是有一天，萧珊快快活活地来到霞飞坊，却流着眼泪从楼上下来。

住在二楼的朋友妻子大为吃惊，关心地问她："怎么，李先生欺侮你了？"

"嗯！"萧珊非常委屈地说，"我告诉他，我父亲要我嫁给一个有钱的人。他，他说，这件事要由我考虑决定……"说着说着，她伤心地抽泣起来。

啊，原来是这样。

跟在萧珊后面下来的巴金有点结结巴巴地解释说："我是说，她现在还很小，很年轻，充满幻想，不成熟，需要读书、成长。我告诉她，我愿意等她。如果将来她长大成熟了，还愿意要我这个老头子，那我就和她生活在一起。"

朋友的妻子感动了。她熟悉巴金，一向尊敬巴金，巴金是在为萧珊着想啊！

巴金的心多么纯净！他处处为别人着想。他尊重朋友，爱朋友，更尊重这位天真纯洁善良的小姑娘。他以为，能被人深爱当然幸福，但这爱必须是平等的，不能靠一时盲目的冲动，必须能经受时间的考验。

巴金说愿意等萧珊，绝不是骗人的假话，他是言必信，行必果的。

此后，在巴金案头上，有多少封热情洋溢的来信，在生活中，遇到过多少双灼人的眼睛，可是巴金信守诺言，在丝毫不约束对方的前提下，默默地等待。他对萧珊说："你是自由的！"他决不干预萧珊的私生活。

当然，父亲为萧珊选择对象，决定权在萧珊，巴金能说什么呢?

萧珊的处女作

这时，抗日的烽火燃烧起来。青年学生的爱国热情高涨。萧珊和她的同学们都参加了战地医院的工作。她们认真、热情，精心护理受伤的抗日战士。听战士讲自己的故事，萧珊的视野扩大了，生活的内容更丰富了，她每次和巴金见面，都绘声绘色地介绍自己在伤兵医院的见闻、感受，那么自信自豪，充满朝气和激情。这都是巴金所珍视的，他们之间的共同语言越来越多。

巴金鼓励萧珊把在伤兵医院的感受写成文字，让更多的人受到感染。萧珊的处女作《在伤兵医院》就是在巴金鼓励下写出，并刊登在茅盾主编的《烽火》旬刊上的。巴金说她写得很有感情，文笔很美，使她对写作有了信心。于是，她又写了几篇散文随笔，陆续发表在《宇宙风》《烽火》等报刊上。

巴金从萧珊和她的同学以及伤病员身上感受到人民高涨的爱国热情和坚韧不拔的民族精神，萌发出要写一部宣传抗战、树立抗战必胜信心的小说。萧珊向他提供了不少素材；萧珊本人，就是他书中的主人翁。

1938年初，上海形势紧张，文化生活出版社准备到广州开设分社，让巴金和靳以去筹办。巴金就把刚开了头的《火》带到广州去写。没想到，广州接连不断遭到敌机轰炸。

萧珊在上海很为巴金担心。她硬拖着母亲到文化生活出版社去找社长吴朗西打听巴金的消息。

巴金在广州安排了一些工作后，赶回上海修改《爱情三部曲》。一到社里，吴朗西就把萧珊母女来打听他安全的事告诉他，使他非常感动。

直到今天，巴老说到五十年前的这件事，都要稍稍停顿一下，以平复内心的激动。

有什么比危难时有一双灼热的眼睛在望着自己，一颗温柔关切的心在惦着自己，更让人感到温暖难忘的呢？

不寻常的订婚

巴金回上海花了两周时间改完小说。萧珊告诉他："母亲想见见你。"

这是巴金第一次见到萧珊家里的人。

这是一位多么通情达理、脱俗高雅、和蔼可亲的母亲啊！也许是出于朴素的"荒年饿不死手艺人"的古训，因而看重巴金的才能；也许是从自身不谐和的婚姻中认识到金钱并不能给人带来幸福；也可能是爱屋及乌，为女儿的真情所动；更可能是她自己爱好新文艺，读过不少巴金的著作，从作品中了解到作者的为人。她破除了传统的订婚方式，亲自出面，请巴金和萧珊一起到附近餐馆吃了一顿饭。在餐桌上，她表示承认巴金和自己女儿的关系，她把女儿交托给巴金。

巴金不善言辞。他在内心郑重地接受了萧珊母亲的重托，口中连声说："好嘛，好嘛！"可是他还是再次表示：萧珊是自由的。我愿意等她几年，到那时再看她自己的意思。

这以后，巴金公开承认萧珊是自己的未婚妻。但在生活上，他仍像朋友似的对待她。

这年7月底，萧珊高中毕业，来到广州看望巴金。他们第一次像朋友般生活在一起。他们都住在出版社里，各人有各人的房间。他们一起到街上小饭馆里吃饭，一碗面，一盘粉，简简单单。回到社里，巴金工作，萧珊帮忙做些杂事。他们互相尊重，一起和朋友谈天，生活过得非常和谐。

一年后，他们回到上海，萧珊住回自己家里。她妈妈开始很奇怪他们怎么没有结婚，当她得知巴金要支持萧珊去上大学后，她深情地说："对这个女婿我是很满意的！"

艰难的旅程

在广州时，巴金应邀要到武汉去参加一个活动。爱热闹的萧珊很愿意随同前往。但，正常的铁路线已经不通，他们只能乘木船、长途汽车辗转前往。路上萧珊多半照看行李，巴金和另一位朋友负责找寻交通工具、购票和安排食宿。在这里，巴金表现出平时未能发挥的办事才能。萧珊一扫大城市小姐的娇气，再破再脏的旅店，再拥挤的舟车，她都能安之若素，决不挑剔。巴金的吃苦耐劳精神，对她有很大影响……

他们从武汉回到广州不久，广州遭到日本飞机狂轰滥炸，萧珊回上海的路已被切断了。

1938 年 10 月 18 日，广州处在一片大火中。形势万分危急。巴金带着萧珊和文化生活出版社广州分社的同人一起，千方百计，包了一艘木船逃离广州。十多个小时后，广州就沦于敌手了。

他们在途中等船换船，躲警报，断断续续走了八九天才到达桂林。一路上生活异常艰辛也很呆板，幸好他们都喜欢书，喜欢朋友，靠着书和友情，度过了这一段危急、艰辛、呆板的旅程。后来，巴金把这一段生活写进了他的旅途通讯《广州的最后一晚》《从广州出来》等篇章中。

巴老说，在那些通讯中，"保留了爱情生活中的一段经历，没有虚假，没有修饰，也没有诗意。那个时候，我们就是那样生活，那样旅行。我们都是平凡的人，也生活在平凡的人民中间"。

他们到达桂林以后，和文化生活出版社同人一起，住在《宇宙风》租下的一间大房子里。巴金来不及休息，就迫不及待地坐下来写旅途通讯，同时接着写刚开了头的长篇小说《火》。萧珊是《火》的素材提供者，又当了第一位读者。她热情地肯定《火》写得真实，写得好，给了巴金极大支持。《火》的写成，萧珊起了很大作用。

几个月后，昆明朋友来信，告诉他们西南联大秋季招生的消息。

萧珊决定要投考西南联大，巴金陪伴着她从桂林乘车到金华转温州，再搭轮船回到上海。

这时，萧珊家里因战事而破产，父亲回了宁波老家。她弟弟也已离家参加了新四军。萧珊向母亲告别，外出读书。没想到这一别就成了永诀。不久，母亲因病与世长辞，子女都不在身边……

《秋》"序"中的 L. P

1939 年夏天，巴金到香港去取回为逃避广州轰炸时存放在大公报社的行李。广州沦陷前，他来不及去取这些行李，随身只带了些纸型就离开了。这次回上海，他准备在租界上继续写作，便去香港取回衣物，同时在香港等待送萧珊去昆明读书。

萧珊和她同学乘坐的海轮在香港停靠三天。萧珊和巴金短暂别离后又在香港重逢，愉快地过了三天。萧珊像只快活的小鸟，滔滔不绝地述说着自己的理想。她和巴金约定，第二年暑假在昆明见面。在香港，巴金把当时已是朋友妻子的一位女大学生介绍给萧珊；后来，她们成了很要好的朋友。巴金还给萧珊介绍了一位从读者成为朋友，也在昆明读书的女大学生。他是希望萧珊在陌生的地方能得到朋友的关照。可以说他想得很周到。等送走萧珊，巴金才返回上海，继续写激流三部曲的最后一部《秋》。

这时，巴金的心情非常不好：旧时成都老家的男男女女，一下子都从心底泛了出来，重新生活一次，巴金也跟着经受一次煎熬，和这些人物一同欢笑、悲哭，好像有刀子在割他的心。

幸好有他的三哥李尧林从天津来和他同住，兄弟情谊给了他一些温暖。更多的则是收到萧珊不时的来信，她以女性特有的细腻感情，关心着巴金，使巴金感到生活的温馨。巴金在《秋》的序言中写道："在我的郁闷和痛苦中，正是友情洗去了这本小说的阴郁的颜色。"他特别提出要感谢四个人，其中一人是他三哥，另一人就是

"在昆明的 L. P"。L. P 是萧珊小名长春的世界语缩写。

由于友情的温暖，巴金在《秋》的结尾才让觉新活了下来，让觉民和琴订婚、结婚，使作品的结尾不过于灰暗。

由此可见，萧珊在巴金的生活中所占的位置，已不再是最初的"小友"了。

在昆明两次重逢

1940 年夏天，巴金写完了《秋》，交由开明书店出版。他一拿到样书，就带着还没有写完的《火》，到昆明去和萧珊见面。他也是按萧珊去昆明的路线，乘轮船从水路经越南海防、河内，再转乘滇越铁路抵达昆明的。到达昆明的那天，萧珊早已由女伴陪同，等候在车站了，她还为巴金安排好了旅店。

分别一年了，战地流亡学生的集体生活，使萧珊更加活泼开朗，也壮实了。她穿着蓝布工装裤，白布衬衫，显得英姿勃勃。她在伴送巴金到旅店的路上，不停地向巴金介绍大学的生活情况，讲述她从一所大学的外文系转到西南联大历史系的感受。她还关切地询问："李先生，你累不累？路上遇到了麻烦吗？"

巴金便把自己在中越边境过关时查护照遇到的麻烦告诉了她，还说，"幸好，我手中的这本《秋》帮了忙，边防人员发现我是书的作者，才不再对我刁难，否则就不能准时到达昆明，你们就要空等一场了"。说着说着，大家都哈哈笑了起来。

巴金在旅店稍事休息后，就去开明书店取稿酬。书店经理很热情地请巴金搬到花园里一间原来用作书库的玻璃房子去住。巴金看了看这间房子和窗外的一片绿荫。发现这里非常安静，便搬了过来住。

暑假期间，萧珊每天都和巴金在一起，他们一同外出游玩，一起到小店吃饭，一起接待朋友。晚上，巴金送萧珊回联大宿舍后，再回来伏案写作。

那时，沈从文夫妇也在联大，他们和巴金是老朋友了，大家见面非常高兴，他们两对也时常在一起聚谈。大学开学前，他们还约了几个朋友一起到昆明西山去玩了半天，过得非常愉快。

开学后，萧珊不能天天来陪伴巴金，只有假日来和巴金一起度过。萧珊不来的日子，巴金就埋头写作。他心情愉快，精神集中，写得很快很多。

巴金在这里创作心境非常好，一住就是三个月。写完了《火》的第一部和别的一些短文，巴金才回到重庆文化生活出版社。巴金不回上海了，他在重庆住了一年。

第二年暑假，巴金又去昆明同萧珊见面。这次，萧珊已和两个男女同学，在金鸡巷合租了一套三间民房居住，男同学让出一间房子给巴金住。

同学们都到石林去旅游了。本来说好等巴金一到，萧珊就和巴金一起赶去参加的，可没想到这次巴金在途中受了风寒，到了住处就发高烧病倒了。整整躺了四天，萧珊一直陪伴在旁，端水送药，精心照顾。巴金很快恢复了健康，但他和萧珊已经来不及赶去石林了，只好听朋友们旅游回来介绍那里的景象和途中的趣闻。

这所住房非常简陋，门口的路也不好，一遇大雨，积水没胫，雨停水退，石板路泥泞湿滑。住房里没有炉灶，三餐饭都得到外面去吃，连泡开水也要走一段路。萧珊怕巴金走路跌跤——他从小就容易跌跤，每天早晚都不让巴金出门，由她自己把吃食买了回来。巴金说，在昆明的那一个月，他过得非常愉快。白天，他总是坐在窗前书桌旁，有时看书，有时写信，有时也写短文。那些时候，好像心里装了很多东西似的，只想把它们倾吐出来，拿起笔就想写文章，每天写满几张稿纸。后来这些文章编成《龙·虎·狗》一书出版。

暑假快过完了。萧珊伴随巴金回到桂林，又匆匆赶回昆明读书。巴金将在桂林负责文化生活出版社分社的编辑工作。

他在桂林为萧珊买了一件皮夹克，免得她冬天早晚从住处来去学校受风寒。

萧珊惦念着巴金，怕他一拿起笔就忘了吃饭，忘了休息，她经常给巴金写信，写得很动情，很美。可惜，由于战争，生活动荡，这些信没能保存下来。

新婚之夜静悄悄

由于时局动荡，一些朋友为自己的前程，另谋工作，先后离开了文化生活出版社，这使巴金很感悲哀和寂寞。萧珊理解巴金，她不等大学毕业，就于1942年10月来到巴金身边。她安慰巴金说："李先生，你不要难过，我不会离开你，我在你的身边。"

巴金感激地望着她，说不出话来。分明在萧珊明亮的大眼里，看到了她在问："我们什么时候结婚呢？"

本来也是早该结婚了啊！像他们这样年龄的朋友，不少都做了孩子的父母。只是巴金明白，结婚是需要承担责任的。大哥自杀后，留下一大家人的生活费用，过去是由三哥主动担负的，他靠教书、翻译书籍的收入，作几个侄儿侄女的教育费。可这时由于战争，阻断了汇款，这副担子就落在巴金肩上。他过去的稿费收入也不少，但他乐于助人，把稿费都花去了，现在要成家，他要积极做好准备，不能结婚后为经济问题发愁，更不能因钱影响了写作心境……巴金在拼命写书、译书、编书。一年多时间里，他写完长篇小说《火》的第三卷，翻译完了屠格涅夫的《父与子》《处女地》……侄儿侄女的教育费不用愁了，小家庭的开销也没问题了，他这才开始筹办自己结婚成家的事。

巴金在桂林漓江东岸，借了朋友的一处木板房。镂花的糊纸窗户，长满青苔的天井后面，有一个可以做马厩的院子。后门外，是一片静绿。有这么个十分幽静的地方做自己的寓所，这就够了。

他们没有添置一件家具，没有添置一床新被，也没有购置一件新衣。不久前巴金回过成都一次，从大嫂家带回一些他自己的东西，其中有一帧让他爱不释手的珍贵照片——那是他四岁时和母亲的合影。他穿着花缎的长袍马褂，偎依在母亲身旁。母亲富态的圆脸上，露出温和慈祥的微笑。照片让他回想起母亲给予他最初的文学熏陶，唤起他儿时温馨的回忆。这就是他们小家庭中最珍贵的一件东西了。可惜的是，这件珍贵的纪念品，在他旅游结婚还未回来时，在桂林撤退的混乱中给丢失了。这使他很伤心。

没有更多的事要安排了，他们不需要请任何亲友，只委托弟弟李济生以双方家长的名义，向亲友印发一张旅行结婚的通知。

只要两人真心相爱，那些世俗的烦琐礼节形式，有什么意思呢？

1944 年 5 月 8 日，他们到达贵阳郊外的"花溪小憩"——这是修建在一个大公园里的一座花园洋房式旅馆。没有楼，房间也不多，也不供应饭菜，连早点也要走半个小时到镇上的饭馆去吃。结婚这天晚上，他俩在镇上小饭馆里要了一份清炖鸡和两样小菜，要了瓶葡萄酒。在这里就餐的人不多，他俩在柔和的灯光下，从容地碰杯，搛菜。四目相对，内心充满柔情。饭后，他们在温馨的晚风中，回到旅馆。旅馆到处都是静悄悄的，只有淙淙的溪水声。

他俩在一盏清油灯的微光下，回忆过去的一些趣事，谈着未来的打算。巴金有那么多东西要写；萧珊眼中闪烁着理解的光亮，她对巴金说："你只管写作，我不会麻烦你的。"

他们整夜都在淙淙的溪水声中絮语绵绵。他们从来没有像这样不受任何干扰地单独待在一起，他们感到了宁静的幸福！

临终留言："我们要分别了！"

第二年，他们生了女儿李小林，再过五年又添了个儿子李小棠。两个孩子都是萧珊亲自喂母乳，相当辛苦。而巴金也是经常分担萧珊的育儿劳累，和孩子们在一起说笑。在萧珊读俄语夜校的日子里，巴金经常是先陪伴两个孩子入睡后，自己才到书房去写作。

这些都是我的老师靳以20世纪50年代对我说的。他还告诉我，巴金不仅支持照顾萧珊学习俄文，还一直鼓励萧珊翻译外国文学作品。对萧珊翻译的作品，巴金都要亲自逐字逐句校改后，才发出去。他说，巴金对创作、翻译、出版是很严谨的。

我明白了，什么才是真正的关心、爱护、支持和帮助，什么才是真正的爱。

二十八年来，他们相亲相爱，没有红过脸，没有争吵过一次。

谁也未曾想到，1966 年的那场席卷全国的"红色飓风"，给了这个幸福家庭以致命的打击。

就在最痛苦难熬的日子里，他们相濡以沫：萧珊为了保护巴金，受到北京来的红卫兵铜头皮带的毒打；巴金向萧珊隐瞒自己所遭受到的种种非人待遇……

惊恐、忧虑、劳累，损坏了萧珊的健康。她患了肠癌没能得到及时检查、治疗，身体一天天消瘦，为了不让巴金担心，从不哼一声，也不诉说疾病的痛苦。直到 1972 年 7 月底，她好不容易住进中山医院病房时，癌细胞已经扩散，才不得不立即开刀。进手术室以前，她对巴金说："看来，我们要分别了……"她是那么难以割舍对巴金的一腔真情……

开刀后，萧珊还担心开刀输血的费用太大，还怕巴金每天跑医院太辛苦，还惦记着患肝炎住院的儿子，她想的全是别人。而她自己，开刀后仅仅活了五天。

1972 年 8 月 13 日，巴金失去了自己最亲爱的人。

现在，巴老的卧室里，安放着萧珊的骨灰盒；巴老
的写字台上，搁着萧珊的照片；巴老的床头，放着萧珊
翻译的几本小说；在巴老心中，一直保存着对萧珊最美
好的记忆……

李晓和他的《继续操练》

在"益友杯"上海文学奖的颁奖会上，李晓又走上了领奖台。他的短篇小说《继续操练》荣获全国优秀短篇小说奖，现在又获得上海文学荣誉奖。

李晓身材魁梧，脸膛晒得微黑，一双炯炯闪烁的大眼，脸上露出纯纯的微笑，他接过荣誉证书，会场上响起热烈的掌声。

我也使劲地拍手，衷心地向他祝贺。

《继续操练》是李晓写的第二篇小说，居然得到这样的反响，我作为这篇小说的责任编辑当然分外高兴。

李晓的处女作《机关轶事》也是由我编发的。我知道，对尚未发表过作品的人来说，他的第一篇作品问世，往往对他今后的道路起着极大甚至是决定性的作用。因此，很多作者都记住了自己的第一位责任编辑。一个编辑也常常为了争取编发新作者的处女作而殚精竭虑，如果看到这些新作者在发表处女作后佳作频出，其高兴程度更是难以言表。

但要说起发现李晓创作才能的第一位编辑，应该说是他的姐姐——《收获》的副主编李小林。

我虽然和李晓早就认识，但在我眼里，一直认为他是很小很小的弟弟。

记得第一次见到他，是在 20 世纪 50 年代，他只有四五岁的时候，那时他们还住在霞飞坊。我是为我当时工作的一家儿童刊物去向巴金约稿子。我去时，他正和父母围坐在饭桌边说笑。萧珊见到我，兴犹未尽，拉过他的手要让我看："给彭姐姐看看，棠棠是断掌。"他却不肯，倔强地缩回他的小手，还使劲挥舞拳头要打妈妈。巴金慈祥地笑着，站起来去拉他，说："爸爸来扯劝，爸爸来扯劝……"这情景一直深印在我脑海里。

十年动乱以后，棠棠从插队落户的安徽农村回到上海，在街道、工厂工作一段时间，又考取复旦大学中文系。这期间，我到他们家和小林聊天时，他常坐在沙发上自顾看他的武侠小说，偶尔也被我们的笑声引出一两句问话。他在复旦大学读书时，我也常到他们班级去找那些搞创作的同学闲聊，也没听说他在写什么东西，也就没有在学校里和他联系；当时还以为他在用功学外语，是想从事外国文学哩。

直到 1986 年春天，小林对我说，李小棠（李晓的本名）写了篇小说，她看过，很有基础，有些黑色幽默，她提了点意见，小棠在改，等改好了想让我也看看。我当然高兴读他的稿子。

过了几天，小说改好了，小林带给了我。小说的题目是《机关轶事》，作者用冷峻的笔触写出某个机关的种种官僚主义、文牍主义和形式主义现象，他不留情地揭示出在这种争权逐位环境中人的贪婪、欺诈、吹牛拍马、互相倾轧等丑恶品质……我边读边笑，并连连叫绝。想不到他从一个小兄弟长成为一个有如此尖锐观察力的作者，他把某些机关里的腐败、庸俗现象刻画得真是淋漓尽致。我决定编发这篇作品。当我把自己的看法告诉小林时，她对我说了这样的话："送审时请不要提到爸爸。"小棠还说不要用他的真名。

我一下子就明白了：巴金的儿子不愿意靠父亲在文坛上的声誉跻身文坛。李小林明明是这篇小说的第一编辑，可她不愿意用手中的权发表还未被文坛承认的自己弟弟的处女作。这样，李晓处女作的推荐权就落到了我的肩上。

我遵照他们的意愿，在发稿单上写了我的审读、推荐意见。其中没有一字提到巴金。作者的名字是我写上去的，用了"萧李"两个字，原想把萧珊和李先生都包容进去。

稿子很快通过了，发稿时征求小棠对作者笔名的意见，他考虑了一下，说："用李晓吧。我也觉得这名字不错，既用了自己的原姓，又用了萧的谐音'晓'；有对父亲的敬爱，又有纪念母亲的意思，好。"此后，李晓走进了文坛。

从来稿中发现新人新作，这在我并非第一次，所以谁也不知道李晓是李小棠，《机关轶事》是巴金儿子写的。

刊物出版以后，《小说月报》要转载这篇小说，打长途电话来要作者简历，我只告诉他们李晓 1950 年出生，在安徽农村插队六年，后考入复旦大学中文系读书，毕业后在某机关工作。也没有告诉他们李晓是巴金的儿子。也许是为了汇寄稿费，他们要了作者地址，才发现了真情。

《机关轶事》的发表，也许对李晓的创作起了推动作用。他的创作热情高涨，很快应约为我们写出了第二篇小说，这就是荣获了全国优秀短篇小说奖的《继续操练》。

当然，李小林又是最先读到这篇小说的编辑。她也认为这短篇写得不错，又是带有黑色幽默之作。可是她没有半途拦截去发表，仍交给了我审处。

这篇小说写了两个大学的同窗，毕业后一个绰号叫四眼的考取了研究生，为了讨好指导教授，违心地同意由教授署名发表自己的文章；另一个绰号叫黄鱼的当了报社记者，当他得知这情况后，为了抢发"教授剽窃学生论文"的新闻，立即散布这一丑闻。研究生和记者各自为了一己的利益得失去进行活动，但结果他们都失败了：四眼的答辩未获通过，黄鱼写的报道也没能发表。

作品结尾，作者通过黄鱼的思想活动写道："要是将来能有些小权，我一定要在这门上安块铭牌……上面写：四眼与黄鱼，曾操练于此，并于此再度携手，继续操练。"多么尖锐深刻的一笔啊！

我编发了这篇小说。

于是，我成了得全国优秀短篇小说奖的责任编辑，我也戴上了"处女作的助产士"桂冠。

可是我得坦白地说，我不能掠美。李晓作品的"助产士"应该是他的姐姐李小林。

当然，我也推荐了不少别的作者的处女作、好作品，这也是事实，无须谦让，因为这本应是一个编辑义不容辞的责任！

母女情深

——读巴金《家书·后记》

记得我第一次向巴老贺寿，就是在华东医院南楼的病房里。那是1982年的12月2日（阴历十月十八日），巴老生日前夕。我约了茹志鹃、李子云同志同去，我们用粮票买了两盒栗子蛋糕，在病房里和巴老共享他生日的喜悦。

想不到十二年后在他九十华诞的这天，我又是在医院向他祝寿。

又是骨折，但这次是自然性脊椎压缩性骨折，是由于老年性骨质疏松引发的。所幸住院第三天剧痛止住了，但还需卧床静养……

巴老住院的第三周，他躺在病榻上还不忘自己的许诺，他见我去了，哑着嗓子大声嚷着："拿一本《家书》给她，拿一本《家书》给她。"

这是因为他入院前的一周，曾对我说过："下周大概可以给你一本《家书》了。"他总是那么认真兑现自己的每一个许诺。

我接过他家人取出的这本封面高雅、纸张较好的《家书》后，巴老告诉我："后记写得很好。"

我立即走近南窗，翻开了后记。

这的确是字字皆真情、句句含热泪的文章，我也止不住泪花满眶。一时间，情不自禁地沉浸在对往事的回忆中……

记得小林在闲谈中曾讲到过有关她母亲的两件事：

一件是她上小学时，和靳以的女儿南南一起住进大华医院开扁桃体。那时，一般人家中都无冰箱，大口冰壶在市场上也尚未出现，而开扁桃体需要多吃冷饮，她母亲便每天都背着一只过去马路上卖棒冰的小贩用的那种木制棒冰箱，到医院送冷饮给小林和南南吃。每天下午探病时间未到，两个小女孩就伏在窗口眺望，每次萧珊都是排在探病家属的最前面首先来到病房，她总是背着那只沉甸甸的木制冰箱，走得急急地满头满脸大汗，上衣都被汗水浸透了……

南南的母亲对自己的工作是很专注的，她知道萧珊每天都去，也就不请假到医院探望女儿；有萧珊的照顾，她太放心了，医院里的人还以为两个女孩是一母所生的亲姐妹哩。

另一件事是，1970 年他们学校同学到苏州郊区的部队农场接受再教育，萧珊曾独自一人乘火车到苏州，然后步行几小时到农场去看望她，还在农场住了一夜，第二天由小林的爱人祝鸿生用自行车送到苏州火车站乘上火车返沪。说这话时，小林眼眶中盈满了泪水，定是为自己当年不曾看出母亲有病在身而感到内疚。

记得 1972 年我已"四个面向"到中学教书，工资关系还在原单位，8 月 5 日我回单位领工资时，才知萧珊病重入院了，第二天我即去中山医院探望。巴老迎面从病房出来让出探视牌给我。病榻旁有小林和萧苟陪伴。萧珊半躺在病床上，腹部高高隆起，已是肠梗阻、腹水。但那天精神不错，讲了不少家常话，只是绝口不提巴老的"问题"……

如今我看了《家书》后记，才知道那时小林已清楚母亲将不久于人世。这也真难为了她，在病房一直不露声色，这要有多大的克制力才能吞下那痛楚的泪水。

万万没有想到我探病后的第七天，萧珊就和我们生死相隔，永远闭上了眼睛。这噩耗是一个月后我再去作协领工资时才知道的，心中真如刀剜般难过。巴老与小林姐弟的悲哀更是可以想见的。

后来我去小林家里，没见到她；巴老有意避开我，因为当时他尚未"解放"，是九姑妈对我讲了萧珊去世前后的情况。我知道巴老的悲哀是巨大的，但并没有倒下，想必他心中永远留存着萧珊的音容笑貌……

　　1992 年当我向巴老采写他与萧珊的恋情时，巴老又打开了对萧珊回忆的闸门，讲了很多过去的事情。作品发表后，巴老觉得内容还写得太少，他陆陆续续又讲了一些他生活中的萧珊的事。

　　转眼夏天，我特地到成都走访巴老的亲人们，他的侄女向我讲述了当年与萧珊相处的一些情况：1944 年 5 月中旬，萧珊与巴老结婚后，巴老留在贵阳治鼻疾，萧珊独自去成都老家。侄女们早知道四婶是上海资本家的女儿，想象中她是娇滴滴的小姐，可是一见面，发现她是那么朴素大方，爱说爱笑很爽朗。她一到老家就对侄女们说："我爸爸看李先生四十岁都没有结婚，怀疑他在老家有大老婆，所以我要到成都来看看……"

　　我回沪后把萧珊当初讲的话告诉了巴老，巴老笑了，说："这是她开玩笑的。因为 20 世纪 30 年代在上海有家小报登过一篇文章，说我有三个妻子。"说这话时巴老一点不动气，他大约觉得这是不值一驳的，难怪萧珊要开这个玩笑了。

　　巴老告诉我，他们结婚时是由他弟弟李济生用后母和萧珊父亲的名义拟了一份帖子通报亲友说他们旅行结婚。巴老自己看过帖子，而萧珊的父亲当时在宁波，完全不知道，可惜帖子没有留底，也没有登报，还是抗战胜利后萧珊带着不满周岁的小林一起回宁波时，她父亲才知道的。

萧珊的婚事，多半是由她母亲促成的。她母亲很喜欢读文学作品，想必也是巴老的忠实读者。1938年巴老到广州筹备出版社时，正临广州大轰炸，萧珊由母亲陪同到文化生活出版社去打听巴老的情况，为他的安全担心。巴老从广州回沪后，萧珊母亲又亲自出面请巴金到饭店吃饭，当面把女儿托付给巴老，说："托付给你我放心。"

这以后，巴老把萧珊当作未婚妻，一起从广州大火中逃出去，又一起回到上海，但并未结婚。萧珊回到家里，她母亲对他们没结婚感到奇怪，后来听萧珊解释说自己准备到昆明上大学，她母亲才释然，说了一句："这个女婿我是很满意的。"

巴老只见过岳母一面，但印象很深，巴老回忆那次在饭店见面的情景说："她母亲把自己打扮得很老气，装成老丈母娘的样子。"可惜她没有等到胜利就病逝在家乡宁波，没有看到女儿女婿生死不渝相爱的情景……

我还听巴老侄女说，萧珊很会做衣服，她把自己的旧棉毛衫七剪八拼改成小孩衣服。巴老说："她平时很朴素，但打扮起来就很漂亮。只是平时说话不太注意。"说到这里，巴老在无扇桌上找东西，只一会儿工夫就从左角的一本书里抽出一张便笺给我，上面写着："给——我敬爱的先生，留个纪念"，落款是"阿雯一九三六年八月"。

"这是我们第一次在新雅见面前她寄给我的一张照片后面写的。"

我对阿雯这名字表示不理解。巴老说："这是她当时的名字呀，怎么，你在做考察？"

我有幸看到了这张便笺，心里却不满足，因为更想看到照片，想看看十九岁时的萧珊是什么样子。

巴老说："小林正在编书信集，要用，等书出来以后就可以给你照片。"

我当然愿意等待。我说现在能编出他俩的书信集是很不容易的。巴老说："这都是靠萧珊，每次我从外面回来，她就把信都收起来了。她的信比我写得好。"

看来，萧珊确实把这些信当作"她生活的一部分"，当作"生命的一部分"。想不到平时对很多事都大大咧咧的她，对他们自己的信却一直注意收藏。

如今，这本"字里行间流泻着深情"的书信集出版了，萧珊的遗愿终于实现。

读着这些家书，既看到萧珊作为贤内助在娓娓诉说家事，又看到她保持了让人牵肠挂肚的柔情，以及对朋友的无私帮助，对孩子的深切关怀，对爱人的体贴温柔，对政事的茫然无知……无一不反映出萧珊的天真、善良、聪慧、热情。

我凝望着萧珊的照片：从十九岁起，她的眼睛就追随着她"敬爱的李先生"；直到现在……

真是家书一封抵万金呵！难怪巴老十分郑重地要送我这本家书，并让我好好读一读小林写的后记。

巴金的自省

去年以来，我看望巴金先生时，常常问起他的起居情况。他总是告诉我："晚上睡得不好，经常是凌晨两三点钟就醒了，躺在床上东想西想，给自己算算账，看过去有哪些事情没做好，五六点钟再睡一会，七点起床。"

我奇怪地问他还有什么"账"要算。

他微微笑着说："看朋友的事情，有哪些稿子没处理好……"

他说得比较含糊，但我能理解，因为这一时期，他谈到过不少朋友的事情，有些还写成了文章。关于曹禺成名作《雷雨》发表前后的一些情况，也是这些日子里谈到的。我想，他是要尽可能替朋友拍去身上的灰垢，显出朋友的本色。

在闲聊中，他也谈到自己和老家亲人们的一些往事，还说有些事直到今天回忆起来，还让他"感到内疚"……

一、真想和两个哥哥在"慧园"相会

1993 年夏天，我去成都，特地到巴老文章中多次提到的双眼井和正通顺街巴老的老屋去看了看。也多次去离他家老屋不远的文殊院，寻觅巴老儿时的足迹。

文殊院修建得很好，庙内香火很旺。

双眼井安然无恙。虽然它的周围正在施工，但因它是重点文物而被保护着。在井的四周搭了竹栏杆，以防施工时遭受破坏。我特地在这里拍了照片。

正通顺街上巴老的老屋随着岁月的沧桑早已几易其主了，再也看不到小说《家》中描写的那幢"高公馆"的影子。可是我还是带着侥幸心理走进大院，东寻西觅。终于在两幢多层宿舍大楼中间，发现几间在浓荫覆盖下的破平房：灰瓦，木窗，半是砖石半木板的墙，窗棂上还隐约可见雕刻精细栩栩如生的历史故事人物。屋子里堆放着一些美工用的杂物。这可能是歌舞团的美工室。

恐怕这是大院里唯一有些年月的老房子了，看样子也不会保存太久就要拆掉的。趁着夜幕尚未完全降下，我赶紧抢拍了一张照片。

近年来，我知道巴老有些书籍、手稿和实物赠送给成都的"慧园"。他对慧园是很关注的，所以这次我到了成都，便央巴老的亲属陪伴我到慧园实地去看看。

慧园是设在成都西郊百花潭公园内的一处小院。院门前面有一块"飞来石"，上面刻写着冰心题写的"名园觉慧"四个清丽的大字。

在慧园的后厅，陈列着巴金的手稿、书籍和生平简介及图片。参观的人很多，不少人是专程来看慧园中巴金作品展的。他们一边观看，一边发出议论与赞叹，我在一旁听着，也很受感动。

回沪后，我拿出在双眼井和在巴老老屋前拍的照片，请巴老观赏。巴老取下眼镜，仔细地辨认着，又轻轻放下照片，平静地说，这剩下的一点，也弄不清是什么房子。

1941年他第一次回成都，只在门外朝里看了看，没有进去；第二次是1956年回去，进去了，还能看到一些旧貌；但以后再回去，房子几易其主，老屋拆除得差不多了。他说，这一点房子可能是他们走后建造的。

虽然如此，巴老还是把照片留下了。至少这是正通顺街他老屋地基上的房子，多少还能唤起一点他对童年生活的回忆。

当我谈到在慧园的所见所感时，巴老深情地说："我真想和两个哥哥在那里相会。"

这并不难啊，我想。只要把他大哥和三哥的简历、作品、手迹、照片等也一起陈列在慧园里，三兄弟不就在那里"相会"了么！

可是巴老告诉我，他三哥留下的材料很少，很难寻找。

二、上海尧林图书馆藏书

今年4月4日，巴老离沪去杭州的前一周，我去看望巴老，正好他的侄外孙李舒从成都来沪，为他整理客厅书橱里的书籍。

巴老的大部分藏书，早几年已分批分别捐赠给京、沪、蓉、泉州、南京等地的图书馆和学校等单位，这次是要理出作家们的签名本来，送给北京现代文学馆。

李舒把一摞摞崭新的书籍搬到巴老面前的椅子上，请巴老过目。

巴老仔细地逐本看看书名，从中留下了部分，说是自己还想翻一翻，暂时留一留，其余大部分就集中到一起，准备打包运走了。

在这些书中，我看到了几本20世纪三四十年代出版的，纸张有些发黄的创作和翻译作品，随手翻了翻，扉页上"上海尧林图书馆藏书"的椭圆形印章，让我惊讶。

尧林，这不是巴老三哥的名字吗，我还从未听巴老或别人说起过这图书馆。我提出了自己的疑问。

巴老说："这些书是我准备的，是1945年从重庆回来后开始收集的。"

我知道巴老的三哥李尧林是 1945 年在上海病逝的，李小林的名字就是为了纪念他。可见巴老对三哥的爱有多深。要以三哥的名义办一家图书馆，让更多的文学青年有机会阅读好的文学作品，作为对他三哥的纪念。

怎么又没有办成呢？巴老没有说明原因，只说："准备了两年，后来没有弄了……我开会很多……"

我没有再往下问了……

以前，巴老曾告诉过我，他三哥去世后，遗物不多，大量的是外国音乐家传记的外文书，他是准备翻译介绍给我国读者的，可惜他来不及做这事，还不满四十三岁就去了另一个世界。

这些盖着"上海尧林图书馆藏书"印章的书，没有和前几批赠书一起送走，从中就足以看出巴老对它们的那一份留恋。

三、三哥独自挑起了重担

巴老曾多次在闲谈中说起他三哥的事情。巴老朋友索非的女儿沈沦也对我讲起过"三伯伯"。1939 年暑假起，李尧林就被巴老请来上海，和索非一家住在一起，直到病逝。沈沦说，三伯伯是一位非常好的人，他来到上海后，一面从事文学翻译，一面在智仁勇女中教英文。三伯伯很喜欢音乐，房间里有一台手摇唱机，每当从天津特地来沪看望他的女学生离去以后，就可以听见他房里传出悦耳动听的乐曲，好像他是要用音乐来驱散内心的痛苦。他非常关心别人，从不给别人添麻烦……沈沦讲这些往事时，露出无限的崇敬与怀念之情。

从巴老那里，我知道李尧林只比巴老大一岁半，性格活泼开朗，喜欢热闹，小时候常到外婆家和表兄妹们一起玩耍。每每从外面回来，嘴里都唱着歌哼着曲。五四运动以后，他首先走出家门到教会办的青年会外语学校寄读。1923 年离家到上海求学的主意，也是他首先向大哥提出来的。巴老和他三哥无论在四川还是出来以后，都一直同住一间屋子，生活在一起，直到 1925 年暑假后，三哥考取苏州东吴大学外语系（后转到北平燕京大学）他们兄弟俩才分开各自发展。

"我三哥在燕京读书时，还在外面兼做家庭教师，减轻我大哥的负担；燕大毕业后，他考取天津南开中学做英文教师，他会讲普通话，英语教得很好，学生很喜欢他。他还会溜冰；我从照片上看到的。"巴老打开了记忆的闸门，娓娓叙说，情景如在眼前。

"我三哥处处为别人着想，很有责任心。"巴老讲起了往事：1934 年他到北平住在文学季刊社时，他三哥正好从天津来北平参加一个朋友的婚礼，顺便到文学季刊来看他。当时他三哥显得很兴奋，讲了很多话。其实，巴老知道那位新娘原本是可以成为他三哥妻子的，只是三哥当时要负担他们的大哥自杀后留下的一大家人的生活，自己很节俭很穷，他觉得自己没有能力使妻子幸福，就一直不谈恋爱，不结婚。"那时有好些女学生喜欢他，找他，他去世后，还有女学生在他的墓前种树，献花。"巴老说到这里，略略沉默一下，又喃喃地说，"我自己谈了八年恋爱，要把事情安排好了才结婚，大约也是受了我三哥的影响。"

啊，原来是这样！

我有时在想，人对某些事物的认识，是会有一个过程：朦胧到清晰、偏激到全面。巴老对家的看法，是否也是如此呢？

四、没想到大哥真有困难

1931年当巴老的《激流》三部曲的第一部《家》开始在上海《时报》上连载时，他的大哥因破产在成都服毒自杀了。家里发来电报，要他们兄弟俩回去。他们没有回去。

他三哥到上海来，和他商量分担老家生活费的事，巴老说："我不肯。我对三哥说，我说过反对家、不管家里的事的，我不能违背自己的话。"当时巴金电汇了一百元钱回去，但对"家庭以后的开支"，他就不管了。完全由他三哥独自挑起了大哥留下的担子，按月把自己工资的大部分寄给成都家里。

最近，巴老谈这些事时不无遗憾地说道："其实我大哥1929年到上海来看我的时候，就向我提出过，要我给家里寄钱，我也不肯。如果当时大哥把家里实际困难的真实情况告诉我，我还是会寄钱给他的。"当时在巴金的心目中，还留着十年前成都老家那些讲排场、挥霍浪费的景象，并不知道继母和大哥搬出了李公馆开始另一种生活的情况。他不肯寄钱并非自己无钱，而是憎恶那种生活方式。

巴老的第一部小说《灭亡》发表后，于1929年10月由开明书店出版单行本。他当时把版税全部给了朋友索非。这以后几年发表的作品也不少，稿费也常常送给朋友。当时他对"家"的观念有些偏激。他曾在1932年写的小说《在门槛上》，借主人翁的口说道："我离开旧家庭，就像甩掉一个可怕的阴影，我没有一点留恋……"其实，这应该是指祖父当家时的封建专制的大家庭，并不是他父母和兄弟姐妹组成的这个家。可是在当时，他可能并未这么清晰地加以区别。所以他不肯给家里寄钱。

直到1940年，抗日战争期间，上海沦为孤岛，与内地不通邮，三哥的钱寄不出去，而巴金这时已回到四川，在成都家里了解了具体情况，他才接替三哥，开始负担奉养继母，供给侄女们上学深造的费用。

他那一时期写得很多，翻译的书也不少，还帮书店编书，得了几笔稿费，安排妥了老家的生活，直到1944年他四十岁时，才结婚。

他说这是受了三哥的影响。我想这也是因为对家的看法不再那么偏激了。

一年前，有一次巴老在闲谈中说过："有人说不理解，我怎么会对家的态度那么激烈。其实，我并不是对我自己的家，是对旧社会封建专制的家庭。我的父母从不吵架，对我也很宽容……"

巴老是爱他父母，爱他兄弟的。没有理由恨他自己的家。随着时光的流逝，他对父母兄弟们的爱更深，更沉。

1993年初的一个下午，我和他的家人们在阳光室里，当着巴老的面笑他把稿费奖金不断捐出去，不知道市场物价上涨的情况时，巴老激动得提高了声音说："我要钱做什么？我现在要钱做什么？如果我以前有钱，我的两个哥哥都不会那么早就死掉……现在我要钱做什么？"

我还从未见过巴老如此激动。我看见他镜片后面闪烁着莹莹泪光。他动了感情。大家都不响了。

五、对父亲的抱歉无法挽回了

"我感到很抱歉。"1994年2月3日上午，巴老坐在长廊改成的阳光室里，又谈起半夜醒了，在自我检查的事。

"有什么好检查的！"我笑嘻嘻地想打破他的自责。

巴老一脸认真地说："我小时候非常讨厌礼节。我大哥结婚时，因为母亲去世未满三年，不能在家中张灯结彩，就借亲戚的空房子办喜事，在外面住了三天才回家和家人一起吃饭。我走进去见到父亲还在一一介绍，看到三哥行了礼，我就溜掉躲起来，等他们吃完饭我才回到自己房间，一边看书一边吃泡饭。那年吃年夜饭时，父亲特地安排了两桌，男的和女的分开坐；我也不肯出来吃饭，跑到马房去了。当时我父亲没有骂我，也没有说我一句。可是没有等到第二年的春节吃年夜饭，他就病逝了。办丧事，我和哥哥嫂嫂很自然地都坐在一起吃饭，可是我父亲看不到了。"说到这里，巴老轻轻地重复说："当时，我父亲没有骂我，也没有说我，我很抱歉。"

那时，巴金只有十二岁啊！

他害怕礼节的事，在他的作品里写到过。

最近，他又讲了这么件事：一次，外婆家请客，要他们三兄弟一起去玩，正好那天学馆老师要他背书，而他又背不出来，如果去外婆家，正好躲过了背不出书挨打，可是他想了想，还是不去外婆家，怕和亲戚们行礼，宁可留在家里挨老师的打。

"老师怎么打你的？"我来了兴趣。

巴老眼里充满纯洁的神采，费力地抬起右手，弯着指头上下动了动。

"啊，给你吃'麻栗子'！"我没大没小地跟他开玩笑。巴老咧开嘴笑了："不疼的，在头上敲了两下。"他笑出了声，也许是为童年时的固执，也许是庆幸自己躲过了那一次烦琐的礼节……

"对我父亲，我感到抱歉。"

巴老还在自责。也许他说了出来，心里会松快些。

最近，巴老去杭州前，说自己没有力气，稍稍动一下就很累，做不了什么事情。近千万字的巴金全集校样，去年就看完了，还写了一千五百字的《后记》(二)。除了第二十三卷还在印刷厂以外，其余二十五卷全部印装出来了。他很欣慰。他说，现在真的要搁笔了。"我写了篇《谈搁笔》"，说这话的时候，正是阴天，窗外灰蒙蒙的……

他去杭州后的这些天，高空上的什么涡旋云已经散去，艳阳高照，天气晴朗，巴老在山清水秀的西子湖畔，沐浴在温暖的阳光中，情绪一定很好，体力会得到恢复，说不定回沪后还会想起许多往事，要倾吐哩！

我祝愿着！

巴老托我一件事

那是 1993 年 12 月 15 日。上午，我有事去巴老家。巴老正坐在客厅他的"专座"——位于客厅东南角无屉书桌前的木圈椅上，穿着小林送的枣红色上衣，小棠送的牛筋底旅游鞋，已从八十九岁生日迎送来客的繁忙中缓过气来，精神很好。

他还记着在他生日前夕，我曾去田林医院看望十二嬢的事，问我："你上次去看李瑞珏，她怎么样？"

说起李瑞珏，不少人可能会联想起巴金小说《家》里的大嫂，一位温柔善良的年轻女性，一位封建专制旧礼教下的牺牲品。当然，那只不过是小说中的人物，不过，在现实生活中，巴金确实有一位名叫李瑞珏的亲人，这就是巴金同父异母排行十二的小妹妹。

现实生活中的李瑞珏，要比小说《家》里的李瑞珏幸运。虽然她一岁多就失去了父亲，七岁时四哥巴金、三哥李尧林离开成都外出求学和她分开了，但她还有母亲和一个未曾见到父亲面的胞弟，还有大哥一家人和另外一个哥哥，生活中有亲情。她刚成年，舅父家就央人来说媒和表哥订了亲。幸运的是，从朋友处得知表哥是个瘾君子，家中便为她解除了这一婚约，她才没有背上沉重的枷锁，获得了生活上的自由。

李瑞珏眼见不少亲戚成为旧社会的殉葬品，她受哥哥们新思想的影响，有强烈的妇女解放要求。她耐得寂寞，甘于清苦，如饥似渴地读书，认认真真地完成作业，学习成绩优良。但由于大哥在病中不了解外界情况，病愈后，发现他倾囊所从事的金融业遭到严重亏损，受不了如此大的打击，自杀了。这一大家人的生活只得靠变卖古玩字画和三哥李尧林按月寄回的生活费艰难度日。

1939 年，天津发大水，在天津当教员的三哥无法寄生活费回成都。这时，李瑞珏正好中学毕业，便靠巴金朋友的帮助，参加了工作。无论当小学教员或是机关会计，她做一行钻研一行，踏踏实实，一丝不苟。

1941 年，巴金外出十八年后第一次返回成都，见到的这个十二妹，已是亭亭玉立的职业女性了。

后来，李瑞珏参加了重庆文化生活出版社的工作。中华人民共和国成立后也来到上海，进入平明出版社。从 1950 年开始，一直与巴金一家生活在一起，得到巴金的照顾……

现在，她病了，住进了医院，巴老还惦记着她，想知道她病中的情况。

我告诉巴老,十二孃住在医院的四楼,她的床正在南窗下,阳光很好,我几次去看她,她的气色和精神都不错。

巴老有些忧伤地说:"她很可怜。她是个精明能干的人,太好强了,有时不饶人。脚烫伤以后,腿骨疼,病倒了……现在她不知道自己的病情。"

我忙接口说:"她自己不知道反而好,这样,她就不会感到痛苦了。"

巴老仍是低垂着眼睑,好像在回想什么。

记得两年前,在谈到文艺界一位领导患了老年性痴呆症[①]时,巴老曾说过,他最怕老年患三种疾病,其中第一位的就是老年性痴呆症。他有些自慰地说:"现在看来,老年痴呆我是不会患了……"他何曾想到小他十二岁的小妹妹会患上这种无法医治的可怕的疾病呢!

我不愿巴老为十二孃的疾病过分担忧,赶快把话题扯了开去。

正在这时,门铃响了,复旦大学一位教师来了。

过去,每逢有客人来访,我都会抽身告辞;现在,见到复旦大学教师走进客厅,我也立即起身准备离去。不想这次,巴老转过头来制止了我,说:"你坐下,在这

---

① 即阿尔茨海默病。

里好了，不要紧。"这还是从来没有过的事。看来，巴老有什么话要对我说。我便静静地坐在原处，听他们交谈。

来客展开了手中的一幅百寿图，上面有上百位老中青作家的签名。他向巴老介绍了一些作家签名时的情景，特别述说了在北京请冰心先生签名时的一些情况。巴老仔细地倾听着，自己并不多说什么。

客人告辞时，巴老让身边的小吴取出一套线装本《随想录》相赠。他亲自把客人送到门厅前，然后到洗手间去了一次，再走回客厅来。由于1982年股骨骨折，愈合后左腿短了一厘米，他走起路来有点一高一低地，但还是相当快捷。

巴老坐回自己的专座后，很认真地对我说："我想托你一件事。"

在我的接触中，巴老是从不愿意麻烦别人的。除了想买几本好书必须托人代劳外，生活上的事，他总是尽量不麻烦别人。他要我办什么事呢，我实在猜不出来。不过，我倒真的很希望能为他做点什么事情。

"什么事？你说嘛！"我愉快地等待他的吩咐。

巴老语气平和地说："请你去看看嬢嬢，看看有什么需要，情况怎么样？"他略略顿了顿又接着说，"对青年人我也动员他们去看看，结果他们去了，见嬢嬢睡着了，就回来了。"

啊，原来是这件事，我真感谢巴老对我的信任。

我和十二嬢熟悉，是在她退休以后。我每次去看望巴老，都能见到她，或是坐在长廊改装成的阳光室东边的缝纫机前写信看书，或是做点小手工，听见我和巴老聊天，有时也会插上几句。夏天，她还会让人买了冰淇淋请我们一起吃。有时，遇到巴老还有别的事情在做，她便会和我闲聊起来，询问我家人的近况，要我把孩子的照片带给她看看。在我的印象中，她是很热情、爱热闹、喜欢与人交往的人。

几年来，她并不见老。她带笑的时候居多，但也有自我感觉不好的时候。她曾向我抱怨腿脚无力，走着走着就会跌跤，说有一次，她从门厅出来，下石阶时莫名其妙地跌了一跤，头上撞了个大包。当时，我还以为这是她走路不当心，绊了一下所致，其实，那时她已患了糖尿病。后来，巴老的小弟弟回想起来，说，早在20世纪60年代，十二嬢下乡回来，一次要吃五只茶叶蛋，还要吃八宝饭；平时胃口很好，荤菜吃得多，也爱吃零食；那时已有了糖尿病的症状，只是大家都没想到，她也不曾去检查过。

直到1993年初，十二嬢洗澡时，不慎被热水烫伤了脚，晚上腿骨疼得难熬，到医院去医治，这才查出她的糖尿病已很严重。经过治疗，糖尿病得到控制，但她的脑衰退却无法挽回，她住进了医院。

我得知十二嬢住院的消息后，曾到医院去看望过几次。第一次，她一见我就叫我罗淑（巴金好友马宗融的夫人，1938年初已去世的女作家），怪我怎么这么迟才去看她。第二次，她不再叫我名字，却对我说："我咋个不晓得你的名字呢！只是一下子叫不出来。"她两次都向我谈了很多办书店的事，完全把时空弄乱了，我只得顺着她的思路谈，也不去纠正。

在她的病房里，她最活跃，话也最多……

这些情况，我都告诉过巴老。但这次，巴老还郑重其事地要我再去看看，说明巴老对我们讲的一些"好情况"不太放心。

我很珍视巴老的信任。

几天后的一个星期天下午，我带了一只傻瓜照相机、一只微型录音机和一盒白斩鸡，到田林医院去看望十二嬢。

上到四楼病房，十二嬢睡得正香，我听见白棉被下发出均匀的鼾声。护士告诉我，这几天十二嬢有些日夜颠倒，晚上一个人大声说话，直到凌晨才入睡，下午也睡得很长。

我不愿惊醒她，宁愿到外面去兜一兜再回病房。果然，半小时后，十二嬢醒了，她一见到我就叫"罗思齐"（后来听巴老说，罗思齐是他们家亲戚，不过是位男士）。

我走近她床边，问她："你好不好？"

她爽快地回答："好！"又补充说，"希望从今天起一直好下去。"

我告诉她："你四哥很想念你、关心你，特地要我来看你，看你有什么需要，你给他说几句话好吧！"她愉快地说："好！"

我马上从包里取出录音机，把话筒放在她被子上。她对着话筒说："四哥，我身体很好。我不需要什么东西，我希望永远这样下去！"

看来，她这个午觉睡得很舒服，精神、心情都很好。我把她的神态拍了下来。

开饭前，我看她吃了两块我带去的白斩鸡，她吃得很香。护士告诉我，她喜欢吃鸡，每周她弟弟和侄女来看望她，都带鸡给她吃。她胃口很好，每餐二两饭还说吃不饱。护士说这话时，十二嬢也插话说她喜欢吃鸡，鸡腿好吃。

看到她这么无忧无虑，我也高兴。

"你还需要什么？"我再一次问她。

她笑着说："希望你们以后常来。"我答应了她。

过了几天，我去看望巴老，带去了十二嬢的照片和录音带，又讲了我所见到的情况。

巴老仔细地看了照片，听了录音，轻轻地说："糖尿病是不能多吃的。"

我说："只要她自己没有痛苦，想吃就让她吃好了，何必要她饿得难受呢？"

巴老没有再说什么，可能是照片和录音让他放心多了。

以后，我差不多每个月都去看一次十二孃，她的精神和心情一直不错。交谈中，她总是给我讲过去办出版社的事，讲几十年前的生活和工作，还常提到"四哥饭也没有吃，一直在工作，我要他休息一下也不听"。她对巴老、对出版社的感情真深。只有一次她说自己的腿疼，下不了床，无法走动，担心以后怎么办。我安慰她说，多躺躺就会好的，其实我心里明白，这是骗她。不过，她倒相信了。

最后一次看望十二孃是1995年春节，可是我去时她睡着了，叫了两声也没唤醒，大约她头天晚上又吵了一夜。我没有等她醒，留下了食物，去另一亲友家了。没想到这时我已患病，一个月后查出患了肝炎，躺进了隔离病房。

我出院后，遵医嘱以休养为主，不敢外出，更避免去探望别的病人。不想就在这期间，十二孃辞世了，这对她也许是种解脱。据说她走得很突然，也很平静，没有什么痛苦，也没有拖累亲人。享年八十岁。

巴老一共有十一个兄弟姊妹（其中有同父异母弟、妹各一）。巴老的三个姐姐、一个妹妹、两个哥哥早已作古，巴金一直怀念他们，对自己过去没有能力照顾他们，常常感到遗憾。十二孃李瑞珏却是得到巴老关怀照顾比较多的一个。

她一生过得无忧无虑，直到去世，都得到哥哥、弟弟和一位九姐的爱护。

现实生活中的李瑞珏是幸运的。

巴金的九妹

一

看到有人在回忆巴金先生的文章里，写"文革"后去武康路先生的家，是由先生岳母开的门。这是有误的。

据我所知，巴老的岳母早在抗日战争期间，从上海回到宁波就病故了，她不可能住进武康路的。那么，是谁为这些来访者开的门呢？

九姑妈，巴老的九妹。

在巴老的《回忆》里，这样记述的：

（他随父母到广元县后，每晚母亲都要在小册子上面为他们兄弟写下一首词。）但是不到几个月母亲就生了一个妹妹。

这个妹妹排行第九，我们叫她作九妹，她

出世的时候，我在梦里完全不知道。

早晨我睁起眼睛，阳光已经照到床上了。

母亲头上束了一根帕子，她望着我笑。

旁边突然响起了婴儿的啼声……

我有一种莫名其妙的感觉。

这是我睡在母亲床上最后一天了。

二

巴老的母亲一共生养了十个子女。九姑妈在家中是第七个孩子，她上面有三个姐姐、三个哥哥；她比巴金小四年零八个月。

九姑妈的大名叫李瑞瑶，号琼如。她小时候曾和巴老一起在私塾读过书，巴老 1923 年离开成都前，他们一直生活在一起。巴老离家后，她才由胞弟李采臣陪送到南京与远房表哥高先生结婚。

九姑妈告诉我，他们母亲娘家是大家庭，外公有几房妻室，大外婆没有生养，外婆养了不少孩子，其中二姨妈嫁给了高家，养了几个子女，长子原在上海浦东读无线电专业，毕业后在南京工作，九姑妈就是嫁给他的，婚后生了一个儿子，一家三口其乐融融。1937 年抗战爆发，九姑妈为避战乱，带着四岁的儿子返回成都。这时，胞弟李采臣正在武汉工作，便和九姑妈一起结伴回川。

不幸的是，九姑妈的儿子患了痢疾，夭折了，丈夫则调到酒泉二河子工作。不久，得到丈夫单位来信，称高先生在二河子故世了。战争时期，九姑妈无法前往，详情无从知晓。好在她有文化底子，又学了些财会知识，她一直帮亲友的企业做些财会工作，过着自食其力的生活。

中华人民共和国成立后，九姑妈也曾参加"革大"学习，只是学习结束要分配到甘肃工作，她当时已近五十岁，身体不好，加之对陌生的地方有些胆怯，没能前去，从此没有了工作。

巴老回四川探亲时，得知了九姑妈的情况，开始负担她的生活，给她寄生活费。

九姑妈在成都的生活极其简单：她分租了一间堂兄（二伯父儿子）在劝业街上的住房，每月买一斗米、一元钱柴火，在大锅里做一次饭可以吃两天，巴老寄给她的二十五元生活费每月还有结余。

三

20世纪50年代初，李采臣和巴老商量，接九姑妈来到上海。此时正好靳以乘民生轮到重庆，就请靳以带九姑妈来沪了。九姑妈先住在巨鹿路李采臣家。巴老从霞飞坊搬到武康路后，九姑妈就住到武康路巴老家里了。

这时，巴老家里俨然是个四代同堂的大家庭了。老太太已从成都接来（1960 年在上海病逝）和十二孃——巴老同父异母的小妹妹，同住在楼下，九姑妈住在三楼。

萧珊的挚友，被唤作好姐姐的萧荀曾问巴老："四爸，你一生在反封建，怎么你现在变成封建大家庭了？"巴老神情凝重地解说："父亲去世得早，老太太对他们兄妹很好，大哥去世后，老太太还变卖了自己名下养老的田产，帮忙还债……这个大家庭是建筑在'情'上的啊！"

但毕竟是大家庭，九姑妈担当起管家的重任。特别是女主人萧珊病逝后，年轻人都有自己的工作，很忙，九姑妈每天要安排全家人的吃喝，付钱，记账，收信，敲章……大小事不断。

有了九姑妈的操持，巴老省心不少。

"文革"结束，1977 年 11 月，沙汀到北京参加短篇小说创作座谈会回成都经过上海，会来看望巴老。那年月，副食品供应还很紧张，九姑妈早几天就让阿姨觅得一只活鸡养在花园里，供二位老友见面时餐叙。她满怀深情地说："沙汀爱人去世后，他没有和子女住在一起，由一个老保姆照顾，是很孤单的……"

我讲不出最早是什么时候认识九姑妈的。我去武康路是工作上的事找巴老，我没有注意她。直到 1972 年 8 月萧珊病逝后，我去看望巴老。巴老因尚未落实政策，总是避开访者，待在汽车间楼上的小房间搞翻译，每次都是由九姑妈和我交谈，因而有了较深的印象。从此，我和九姑妈经常唠嗑。

几十年来，在我印象里，九姑妈的形象没有什么变化：一张平和慈祥的圆脸，皮肤细洁，中等身材，不胖不瘦，素色的中式上衣，深色长裤，褡襻布鞋，齐耳短发，干干净净，步履从容，为人谦和，乡音未改。

我们逐渐熟悉起来。我再去武康路，多数时候是九姑妈来开大门。门铃响过不久，就会传来清晰的脚步声，九姑妈麻利地拉开大门，温和地告诉我："老兄刚下来。"

她自己称巴老四哥，可对我们提到巴老总爱称老兄。

她关门时总要看一看信箱，顺手取出信件。

有时是阿姨来开门。我走进门厅，总会看见九姑妈戴着老花镜坐在八仙桌旁精心地拣去绿豆中的杂质，或是耐心地剔去核桃肉上的薄衣。

有几次，我还看到她亲自洗切好新上市的莴苣，用花椒油和辣椒酱拌和得非常诱人。"老兄喜欢吃大味。""老兄喜欢吃面食。"有一段时间巴老胃口不太好，九姑妈为巴老煮一碗龙须面，浇上麻辣调料，做一碗麻辣莴苣，她精心地从旁照顾着巴老。

她很注意不打扰巴老，有好几次我看到她都是趁巴老久坐起身走动时，才走近巴老身边为他点一次眼药水，或是沏一杯沱茶。

巴老的这个四代同堂的家庭一直是井井有条，生活有序。家中的开销九姑妈都在账簿上记得清清楚楚，托谁买了矿泉水付了多少钱，她支付后也都告诉巴老一声，让巴老心中有数。

记得是 1985 年 10 月的一个下午，我去看巴老，闲谈时九姑妈也参加进来，说到近期菜价大涨，每天都要付十多元菜钱，家里人每天都吃个鸡蛋，只老兄和她不吃（舍不得）……这是当家人的苦心。

也许是这些絮叨，巴老曾对我说，九姑妈年轻时话不多，现在人老了，话多了。

巴老对钱一向不在意。曾因谈到钱，惹得巴老发过一次脾气：

大约是在 1991 年 6 月的一天下午，闲谈中九姑妈谈道：章大哥（靳以）喜欢吃零食，现在有些人很有钱，乱吃，有些人穷，缺吃，由此又谈到巴老"文革"结束后把存款都捐出去的事。我们都说今后不能再捐了。这时，巴老激动地大声说："我要钱做什么，我要钱做什么？要是以前我有钱，我的两个哥哥都不会死，现在我要钱做什么？……"我从未见过他发这么大的脾气。

我们大家都噤住了。从此不再提钱的事了。可是九姑妈管账，手头仍抓得很紧，这不免让买菜的阿姨有些不快，对九姑妈的安排有些拖沓，我就亲见里委有人来要求居民大扫除，九姑妈自己拿了张小方凳站在院子里擦窗玻璃的事。她叫过阿姨擦窗，但阿姨拖着没有马上来做，她就自己动手了。

九姑妈一直保持着劳动习惯。她的衣服从来都是自己用手搓洗、晾晒，她洗澡也是自己拎一大壶开水倒进浴缸里。有一次还曾因壶柄断了烫伤了腿脚。她说自己不想麻烦别人。

她最关心的是巴老。大约在1981年5月的一个下午，曹禺从北京来看望巴老，两位老友见面应该非常高兴，可是巴老因背上生了个疖子尚未开刀，晚上睡不好，白天无食欲，心里烦躁，竟对曹禺说，"我们都老了，要死了，死，就是这样子的"。

九姑妈对我说这些话时，眼中流露出无限忧虑。

1982年巴老骨折住院进行腿部牵引，九姑妈不忍心看到巴老吊起脚痛苦的样子，没去医院，每天都眼巴巴地等家人带回病房的信息……

巴老对自己的九妹也很关注，过去外出开会写信回家都会附上一笔"问九姐好"。现在住进医院，也常让探视的家人给九姑妈带好。我还亲见巴老把一袋朋友送他的广东水果糖让人带回家"给九妈吃"。他一直称九姑妈"九妈"。

九姑妈不止一次对我说过，"我和老兄是心照不宣的"。

有几次，我晚上去巴老家，见到一大家人坐在客厅里看电视，九姑妈或是抱着小咀咀，或是陪着小端端。

有时长辈们有意逗端端开玩笑，巴老会立即出来保护："大家看电视，不要讲话吧！"

"我老兄喜欢女孩子！"九姑妈说。她自己也护着她们。

我看到的是融融亲情。

一次，在名人访谈电视节目里，看到巴老抽烟的镜头。巴老说："我那时是抽烟的。"九姑妈接口说："老兄抽烟是不吸进去的，章大哥抽烟是衔在嘴上装样子的。"巴老说："九妈年轻时也抽水烟。""那是为了家里招待客人不让水烟断了火。"九姑妈解释说。兄妹有共同记忆。

巴老有一次吃鱼，没想到被鱼刺卡了一下，急得九姑妈团团转，不免有些埋怨。巴老却回忆起九姑妈小时被鱼刺卡住大哭大叫的事。难怪他们兄妹俩都不爱吃鱼啊。

巴老患帕金森病后，走路不稳，九姑妈有时会走过去搀扶一下。有一次，我看见九姑妈扶着的巴老有些颤抖，便问他，是不是不舒服，巴老笑着说："我是有点怕九妈，她自己也经常跌跤……"

这就是九姑妈说的"心照不宣"吧！这四个字包含了多少无以言表的兄妹情谊啊！

四

九姑妈身体一直健康，很少生病，只在七十岁时跌跤腿骨骨折住过一个月医院。没想到20世纪90年代她会两次因感冒高烧，住进了医院。巧的是，这两次家中年轻人都要陪护巴老在杭州调养，就让我这个靳以的学生、李小林的朋友（巴老向人介绍时这么称我的）多去医院陪陪九姑妈。

在医院里，九姑妈和我谈了不少旧事。同病房的病员原以为她不爱说话，是个自闭症患者哩。没想到她很健谈。

"我不和她们多搭讪，怕她们晓得我和老兄的关系东问西问。说多了，传出去不大好！"这老太太心里还深深印着"文革"的阴影哩！她很谨慎。

九姑妈最后一次住院是1997年11月。

那一年暑假，我家正在装修，我为安排外孙入学的事忙得分不开身，很久没去武康路了。11月中旬，杨苡夫妇特地从南京来看望巴老和九姑妈，我陪他俩同去。

没想到九姑妈已病倒在床了。

她患的是绝症，一发现就已是晚期。大家瞒着她。她精神还是顶好。她已搬到楼下居住，晚上起夜坚持自己走到楼梯下的洗手间去，不肯用痰盂。

"胃口不大好，吃不下东西。"她说。

年纪大了，少吃多餐好。大家想不出更多的话安慰她，又不能流露出焦虑。

下次再来看你！……

下次我是到医院去看她的。

病房里，阳光很好。九姑妈躺在靠窗的病床上，脸上看不出病容。床边坐着从甘肃平凉赶来的侄女李国琰，两人有说有笑。

国琰见我，抢先说："我正好来出差，姑妈运气好，我可以陪陪她。"

其实这是精心安排的，巴老病重住院，年轻人白天忙着上班，晚上要轮流陪护巴老。请国琰来陪护姑妈最好。

国琰是李采臣的长女，她的生母既是九姑妈的弟媳，又是九姑妈的小姑子，生下国琰不久去世了。国琰儿时曾在既是姑妈又是舅母的九姑妈身边生活过一段时候，二人情同母女。多年来，她常利用出差或假期的机会来看望姑妈，这次来陪护，不会引起姑妈疑心的。

半年前，李国琰还出差来过上海。她取出一张照片送给我。照片中她和九姑妈坐在武康路客厅的沙发上，九姑妈右手握着话筒正在唱京戏王宝钏《大登殿》唱段，她神采奕奕，俨然一位老票友，我想不到九姑妈还有这一特长。这就叫作"真人不露相"。

谈到唱京戏，九姑妈来了兴趣，和国琰一起小声哼了几句，字正腔圆，很有韵味。我真要对她另眼看待了。

以后不久，九姑妈逐渐没了精神，话也少了。我每次探望她问她有什么需要，她都是怕麻烦别人，不提什么要求，只有一次，她提出不要吊针输液，让她口服药。因为她的血管很难找到。

除了国琰陪护，家里每天都有人来探视，她感到十分温暖。

仅仅三个星期，1997年12月22日，九姑妈在睡梦中停止了呼吸。四天后，我们向她作了最后的告别。她如愿以偿，走在了巴老的前面，当时我们没让巴老知道她的离去。

八年后，我们目送巴老仙逝。

2005年11月25日，巴老和他的爱妻萧珊的骨灰撒向大海。就在这同时，巴老九妹李琼如的骨灰也一同撒向了大海，进入了永恒。

李琼如半个多世纪生活在巴金先生身边，是她极有意义、很可贵的人生。

胞弟李采臣

最早认识巴金先生，是我老师靳以的关系。同样，最早知道巴金的胞弟李采臣先生，也是听靳以师说的。

那时我在《收获》工作，靳以师在工作之余，有时也讲讲文坛上的人和事。他曾说，巴金在编辑工作上是很严格的，有时和他的弟弟李采臣也有争吵……我这才知道巴金有位弟弟在做出版工作；后来，我还知道巴金的另一位同父异母的小弟弟李济生也是位出色的编辑，而且以后我和他有了交往。但却一直没有机会认识巴金的胞弟李采臣先生，只是从别人口中和出版界的杂志上，陆陆续续知道了一些关于他的情况。

李采臣比巴金小九岁，从小过继给祖父的另一房太太为孙的。当他们的大哥自杀后，为了减轻家庭负担，十八岁的李采臣便辍学进了成都南门税关当司书，自食其力。不过，他并不愿意长期做这个工作。他很想像两个哥哥一样，外出走自己的路。到了1933年，他有了路资，便来到上海，由巴金从稿费收入中出资负担他在上海立达学园农村教育科学习的费用。

1936年李采臣从立达毕业，他的老师吴朗西让他到自己主持的上海文化生活出版社发行部工作。这时，巴金应吴朗西之邀也从日本回来，任出版社的总编。从此，李采臣在出版界工作，一干就是半个多世纪。

新中国刚成立，为了多出好书，1949年，在巴金、李健吾、王辛笛、陈西禾、汝龙、焦菊隐等人集资支持下，由李采臣创办了平明出版社，直到1956年公私合营，他才到文艺出版社任出版科科长。1958年宁夏回族自治区成立，李采臣举家迁到宁夏，任宁夏人民出版社出版组负责人等职。

"文化大革命"中，李采臣被迫离开出版社，下放到农场劳动，吃了很多苦，但他心胸豁达，一有空就看书，经常从书中得到乐趣。时下虽已是望九之年，早已退休，可是他仍担任宁夏人民出版社的业务顾问，退而未休。多年来，一直在为读者提供好的精神食粮而尽心出力。

他认为，人们都希望把美带到生活中去，而书就是这样一种产品。书要靠质量取胜，书的好坏，得由读者来评。质量不光取决于内容，格调要高，差错要少，形式也很重要，版式设计要精美，这样，书在传播文化信息的同时，也给读者以美的享受。

我是在1995年的1月底，第一次见到李采臣先生的。那是在上海华东医院的巴老病房里。巴老因椎骨骨折，穿了件金属背心，躺在病榻上，非常难受。床边立着位小老头；个子不高，腰板挺拔，头发稀少，气色很好。他穿了件20世纪五六十年代盛行的蓝呢中山装，全然不像八十二岁的老人。他正在告诉巴老，前不久他去北京组稿遇到老朋友的情况。

从他的形态和语音上，我已猜到了他是谁，果然巴老向我作介绍：“认识吧，他是李采臣！”

后来，我们在巴老病房里又见过一次，谈到一些有关书籍出版的事情，我告诉他，我有一本写巴金日常生活及其他内容的书，不知宁夏人民出版社能否接受。他答应回去研究以后给我答复。

这年的6月初，李采臣告诉我出版社通过了这本书的选题，嘱我立马把目录寄去。从此，我们为这本集子的编辑出版有了频繁的联系。

没有想到，他对这本书的书名、序言及篇目的安排都想得那么周到具体，把我寄去的每篇稿子的复印件，都按一定规格剪贴得整整齐齐，并亲自校正，对任何细小笔误、疑问，都及时和我交换意见，对我文中涉及他们亲友姓名、逝期的某些差错，他都一一作了改正，在整部书的出版过程中，他不断来信、来电告知进度，及遇到的具体困难，让我一直关注着书的诞生。

当清样寄到我手中时，我几乎找不到错排之处，说明他的工作做得多么细致。如此细致的工作，真让我感动。

书出版后，他很快寄还了我寄去的没有被选用的全部照片，而且背面都有他的笔迹、编号，工作做得多么具体、认真、细致啊！从他对这本书的编辑工作如此细致上，就可见他过去对编过的书是多么认真了，难怪不少老作家都成了他的朋友！

他的这种严谨作风，和巴老一贯的作风是多么相似！如今，巴老病了，无法编书，很难握笔写作了，但李采臣的身体还很健朗，思维敏捷，他正和几位出版界退下来的老同志，合计着如何发挥自己所长，为读者出版些好书！

难怪巴老曾告诉我："李采臣很能干！"

李采臣还是一位非常重亲情的人，对四哥巴金，爱中有敬。而对他的胞姐、我们称作九姑妈的李琼如则是爱得深切。

九姑妈已于1997年冬因患癌症辞世，享年九十岁。李采臣特地让自己的长女从甘肃来医院陪伴九姑妈为她送终。

厄境中的巴金

我于 1966 年 7 月中旬结束了在农村的社教运动，回到上海作家协会机关。7 月 20 日到巨鹿路 675 号作协大厅参加了批判文艺理论家叶以群的大会（此时叶已辞世）。那时机关里还没有出现批巴金的大字报。此后作协机关和编辑部人员纷纷成立"兵团"，各部门也都改称"战斗组"。《收获》编辑部改为"云水怒"（原《收获》1960 年停刊。《上海文学》于 1964 年改名《收获》）。1967 年 1 月"云水怒"解散，又成立"驱虎豹"战斗组。1967 年 4 月底，由市"革委会"决定：批判作家巴金和吴强的事，分别交由复旦大学和华东师大负责。于是作协勤务组讨论决定，巴金交给"驱虎豹"和复旦合作组成的"打巴组"。很快，"打巴组"决定设立"活材料组"和"死材料组"。"死材料组"负责到徐家汇藏书楼等处查找巴金 20 世纪 30 年代化名写的文章。很快就查到几十个笔名，编出了几本供批判的油印资料（1967 年 9 月编印）。"活材料组"主要是通过外调和接受外面转来的揭发材料。

经过十多天准备后，1967年7月11日，在延安西路200号文艺会堂召开了批判巴金大会，主要批判他在全国二次文代会上的发言《作家的勇气与责任心》。不久传来市"革委会"政宣组意见，认为我们"批巴"不力，再次提出让复旦大学小将来和我们共同负责"打巴"。以后的批斗，就越来越激烈了。

现在回忆起来，"文革"刚开始时，巴金表现得很服从。他是1966年8月被勒令进入"牛棚"的。这"牛棚"最早设在作协西厅北边的煤气间里，后来进"牛棚"的人多了，就搬到大楼西边的小楼二楼资料室。巴金总是按监督组管理员的要求，准时报到，按时交出检查报告后回家。他是真心表示自己有错，愿意接受批判，打倒自己，改造自己。有时，同"牛棚"的王西彦、柯灵等人要顶撞监督组管理人员，认为有些安排不合理，不肯照办，巴金却真诚地规劝他们要照办。他曾对我说过："上面一些政策是好的，只是被中间层做变了样。"那时他还是很相信上面来的指示。

此后，巴金一直保持着坦荡本色。"死材料组"人员从藏书楼等处查到巴金20世纪30年代在报刊上谈无政府主义的文章，还找到不少可疑的笔名，向巴金核对时，他从不含糊，凡是他写的都坦诚承认，不是他写的就拒不点头。有些笔名他自己早就忘记了，经提出也爽快承认。

"活材料组"收到一份由上海文艺出版社转来的揭发材料，是巴金一个老友揭发巴金和他交谈中攻击"无产阶级司令部领导"的言论，这些材料如属实，在那时，简直会有杀身之罪。我在一次和他个别交谈时，叮嘱他一定要正确对待这个运动，一定要相信群众，一定要实事求是，自己说过、做过的要承认，凡没有做过、没有说过的千万不能承认。巴金当即坦荡地说："我没有什么；就是萧珊，她很害怕，你们要做做她的工作。"

后来，材料组和巴金接触后，否决了这个材料，也未上送。

"文革"结束后，巴金和这位揭发人在市政协开会时碰到，后者向巴金表示道歉，说当时自己是没有办法，为了自己过关，就写了这份材料，请求巴金原谅。巴金回答说，"我没有关系，但是我的孩子不懂事，你以后不要到我家里去就是了"。多么宽厚啊！

在运动中，巴金从不为自己"过关"而揭发朋友。1967年6月30日"打巴组"的"活材料组"成员找萧珊谈话，要她帮助巴金端正态度，揭发交代外事活动中的罪行。萧珊反映巴金带团到日本开会，同去的两名作家在查行李时发生过"有辱国格"的事，但巴金不愿意揭发。

不仅仅是对待朋友，就是在他自己身处厄境时，他爱护青年之心也没有变。记得他被带到复旦大学接受批斗的当晚，他拿了搪瓷碗从食堂买好饭走回来，有个男生紧随其后，快步跟上，对他说了几句什么，巴金低头回答几句即径直回宿舍。我怕是有人要为难他，他却如实告诉我说："他说了些敬重我的话，我叫他不要这么说，我是有错的……"巴金一脸真诚，他是怕青年学生因爱护他而挨批。以后，也有青年学生对他说过敬佩他的话，都被他善意化开了。

在"文革"期间，巴金却能抓紧分秒时间学习外文。在作家协会隔离时，他白天常坐在三楼楼梯口长廊的长桌前，手拿一本红塑封皮的意大利文的《毛主席语录》，他利用这个不能写文章、不能读书的时间，学另一门外文，随时背诵小书里的意大利文单词。

巴金依然态度谦和，依然得人心。"文革"以前，作协通信员送信到巴金家，巴金都平等对待，这些通信员经常在门卫室议论这事。1966年8月，巴金在作协进入"牛棚"接受"审查"时，他按时报到、离开，对待公务员和管理人员不卑不亢，造反派小将也很少刁难他。有时他作为陪斗者站在前面，也无人对他动手动脚。总之，他在作协机关内无民愤。作协安排"牛鬼蛇神"劳动，种花的师傅平时虽很少见到巴金，但对巴金心存敬意，所以在安排巴金劳动方面非常照顾，每遇外面来串联的红卫兵要揪斗巴金时，花师傅总设法让巴金脱身。

以上是我在"文革"初期接触到的巴金。以后下乡劳动和"五七干校"的劳动中，我和巴金都在一起，对他就有了更进一步的认识了。

巴金在"五七干校"

巴金在和巴黎第二电视台记者对话时曾说他在干校里受到锻炼，学会劳动，学到许多事情。"但是在干校的两年半时间里，我没有一天感觉到我是一个'学生'，这也是不可改变的事实。的确有人把我当作'犯人'看待。"

巴老说的干校，就是上海市文化系统"五七干校"。干校建在奉贤县东北的塘外公社外边。这里原本是海边一块狭小的盐碱地，由上海文化系统抽调身强力壮的人员组成基建突击连，也称"尖刀连"，苦战了几个月建造出来的。

干校没有院墙，也没有校门，只由一条大堤和堤下的一条十几米宽、不能行船的泥河，把干校和公社的土地隔开。干校的校舍是由毛竹搭架，覆上芦席，糊了烂泥建成的。一式的平房泥地。和我们来干校前到辰山公社参加三夏三秋劳动的住处不同的是，辰山是借住在农村学校，睡的是地铺，干校却有了双层架子床。

我们是 1970 年 3 月 7 日到"五七干校"的。途中如果不遇堵车、摆渡顺利的话，要两个小时零一刻钟路程。

巴老和我在同一所干校，但不同班，他在"监督班"，也就是所谓"靠边人员班"。我是"接受再教育很有必要"的"革命群众班"。我们是同一个校园，同一个食堂，同一片天地。

记得我们当年到干校的第五天，正遇上一场大雪，3 月 12 日一早起床就见外面一片银白，积雪足有三寸厚。

上海很少下雪，更难见到积雪。干校的这一场大雪应该是很诱人的，可是，我问过不少干校的同学，都无印象了。我是在笔记本上记着的。说明通过下乡劳动已初步改造了知识分子爱对雪吟诗的小资情调。那时，我们躲在室内整理从家里带来的杂物。巴老却坐在寝室里，从衣袋中掏出一本小红书，笃悠悠地阅读。

"文革"期间，什么名著都不能看，只有译成外文的毛泽东语录小红书可以明目张胆地在众人面前诵读。巴老读的是译成西班牙文的《毛主席语录》。他借此多学一门外语。

从不浪费时间，这是巴老的习惯。

到干校后，就打乱了原来单位的编制，改用部队编制。越剧院、人民艺术剧院、青年话剧团和文联下属的几个协会，跟我们作家协会等文化单位组合在一起的校部称团部。下面设连部。我们作家协会属于第四连，是负责供应全团食用蔬菜的。农忙时也派人员或是全体人员去支援邻近生产队的收、种劳动。

当时负责安排男劳力的队长是诗人闻捷，负责女队的是戴厚英。靠边人员的队长是黄宗英，有一段时间巴老的劳动是由她安排的。

我们这些学员，除了田间劳动，还要安排时间搞"斗、批、改"，也就是对靠边人员在十七年工作、创作中的非无产阶级思想、文艺黑线流毒进行批判，促其认罪回到革命战线上来，称之为"得到解放"。这些会，轮到谁谁参加，巴老一般都不参加的。

巴老在干校的劳动中，非常认真。

为了增加我们的蔬菜品种，我们想在盐碱地上种一些番茄，便向邻近的生产队取经——知道种番茄必须先在营养土中育苗，然后移栽到菜田里。

调制培养土的劳动由黄宗英安排给了巴老。

记得那是乍暖还寒的一个春日上午，在干校出入必经的那条大堤上，巴老握着一杆铁耙，用力地拨弄脚边的一摊烂泥，前边还放着一只粪桶。

这个农活并不很重，但很脏很臭，而且磨人。先要从厕所粪坑里舀出半桶大粪，再和敲碎了的泥土拌和在一起，使泥里有了肥料，这便成了营养土。巴老独自一人干这个活。那时他已是六十六岁，头发开始花白，他穿着一身蓝咔叽中山装棉衣，完全是一介文弱书生。后来我们用这些营养土育出了番茄秧，还移栽到试验田里长出了番茄，这是我们在干校学到的过去从未做过的事情。

巴老大多时间是在大田劳动，风吹日晒，种菜收菜。有一次我们女队收工较早，我回宿舍经过食堂，正遇到巴老和另一靠边人员老V合抬一筐蔬菜送往食堂，巴老走在前面。经过他们身边时，发现这筐菜几乎都贴在了巴老背上，令人生气，我忍不住指责老V："你怎么这样，把重量都推到他身上。"老V才一脸尴尬地把筐绳往自己面前挪了挪。巴老真是能逆来顺受。他感受到了作为"犯人"的处境。

对待劳动，巴老总是全身心地投入。施燕平同志曾告诉我，有一次男劳动力支援农村生产队割稻，中途有一次休息，大家都放下镰刀，巴老却仍然在田里伏身割稻。老施以为他不知道中途休息，就轻轻走近巴老身边对他说："现在大家都在休息，你也停一下吧！"谁知巴老却一脸真诚地说："没关系，我，我割得慢，我再割一下。"

这是一种什么精神啊！

那时巴老已是退休年龄，按规定到了六十岁退休都不用下乡参加劳动了，可是对巴金这样一位从不领取国家工资的老人，却要到干校参加劳动，实在有悖常理，只能理解为对"犯人"的惩罚。

开始时是安排巴老睡在上铺的，巴老只得服从。但那一时期，巴老经常在睡梦中与恶魔打斗、大叫，直到有一天夜里，巴老在噩梦中挣扎反抗着从上铺裹着棉被跌到地上，一位年长的工宣队员才把他调换到下铺来。

也许是巴老年轻时经常到朋友处旅游，抗战时期在大后方居无定所，20世纪50年代初又参加过抗美援朝慰问团到朝鲜战地生活过，他在集体生活中显得很自如。

每天吃饭时，他会在售饭窗口排队买饭，然后走到人少的方桌边站着吃自己的饭，在干校的后期他也带来一小瓶辣酱佐餐。

傍晚，大家在水槽前洗衣服，巴老有时也端出一只搪瓷面盆洗几样小物件。有一次我在他旁边洗衣服，有意看了看他，只见他两手分别死死抓住衣物的两头用两只拳头摩擦，我有点好笑，我们洗衣服两手总是抓抓放放，我便问他："你怎么这样洗衣服？"他转过脸，微微笑着说："我们就是这样洗衣服的。"眼神中露出一丝腼腆。我就没有多说了。

在干校生活了一年多以后，大多数学员感到厌倦，产生了怀疑。在干校流行着一些顺口溜：

"下棋积极、打球卖力、运动消极。

运动有'工、军宣队'顶着，劳动有靠边人干着，我们要抓紧时间读点书，将来到哪里都有本钱。

干校的日子，睡得足，吃得饱，空气新鲜身体好；不费力，不用脑，眼睛一眨就到老。走着看，等着散，懒得干。"

我也非常想离开干校，我惦着自己独生女儿的安全与健康，哪怕让我到哪里看大门我也愿意。

1971年9月我终于从干校"毕业"，连部通知我"四个面向"到学校去当教师。但要先到师大"回炉"几个月，再作为工农兵学员走上教育岗位，五年后，我回到《上海文学》编辑部。

巴老还在干校。他还是老老实实地打算通过干校的劳动改造自己。只是发生了两件事让他感到愤慨。一件是在一次收工回寝室的途中，走在垄沟的田埂上，他给绊了一下，鼻子上的近视眼镜掉落在水沟里了，他急忙俯下身子用手在水沟里摸，满手污泥也摸不到眼镜。想不到走在前面的身强力壮的学员转过身不仅不帮他，反而对他的狼狈相起哄取笑，他只得在人们的哄笑声中一脚高一脚低地回到寝室。

巴老回寝室洗了一把脸后再去找眼镜，终于找到了。但这件事让他非常难过，愤慨。

另一件事是他的爱妻萧珊查出患了肠癌晚期正在联系住院开刀，他想趁一月一次回家休息，再请几天假留在上海为重病的萧珊做点什么。可是工宣队头头不准假，说："你又不是医生，留在上海对你改造不利……"巴老只能忍着痛，含着泪，随大家一起回到干校。对他来说，这哪里是学校，难道不像囚牢吗?

我想，这件事是巴老永远不会忘记的。

过了一段日子，"五七干校"停办了，全都回到上海。

十几年后，我和巴老谈起干校。我只敢谈他掉眼镜的事，他愤愤地说："人怎么可以这样，一点同情心都没有……"

我也在想，人的同情心怎么会失去的呀?!

又见巴金

巴金先生离开我们已经三年了，但他并未从我们生活中消失。

最近，我整理过去的笔记，安睡在簿子里的两段有关巴金先生的文字，又让有关巴金先生的两件事在我眼前鲜活起来。

一件是巴金先生关爱文学青年的事。

那时十年动乱结束，《上海文学》（当时用《上海文艺》名）刚复刊。钟望阳先生被调来抓上海文学艺术方面的拨乱反正工作，很重视上海文学青年队伍的建设。

编辑部开始举办文学青年的座谈会、讲习班。在最初的文学青年讲习班上，青年人敬仰巴老，对巴老在"文革"中所遭受到的磨难异常愤慨。他们提出想见见巴金先生，听他讲讲文学创作的问题。老钟把邀请巴老来讲习班的任务交给了我。

由于我1957年就在巴金、靳以联手主编的《收获》

工作,"文革"中又和巴老同在干校劳动,此后,我经常去巴老家走动,熟稔了,作为晚辈,在他面前,常常无拘无束。

我去巴老家,向他介绍文学青年的一般情况及他们的要求。直截了当提出请巴老和讲习班文学青年见面、讲话。

巴老听得很仔细,镜片后面的目光投向地面。我静待他回答。

巴老沉默了一会,说:"大家见见面可以,讲话就不讲了。我不了解情况,讲不出什么。"

我又无拘无束起来,举出周扬同志在北京给作者讲话的报道,缠着巴老,要他答应去讲讲话。

"我和他不同",巴老一脸真诚,"他是抓这方面工作的部长……"

我听懂了他的话,不能再勉强他了。

当时巴老已是七十四岁高龄,经过"文革"九死一生的磨难,又经受了相濡以沫的爱妻病逝的悲痛,已是心力交瘁,能答应和文学青年见见面,已是很好了,我该满足了。

隔了一天,按照我们约定的时间,我去接巴老。那天并不是用小轿车去接他,而是陪他从武康路寓所走到淮海路的公交车站乘公交车到陕西南路站下车,再沿陕西路走过两条马路到巨鹿路作协大楼。

我们乘的是有小辫子的无轨电车。车上人很挤，没有人让座。谁也没注意这位穿着蓝咔叽布上衣、脚穿松紧口黑布鞋的小老头是位享誉世界的文学巨匠。我默默站在他的身后，看他用右手抓住高高的吊环把手，身体随着电车的晃动摇摆。

那天虽然挤车、步行，巴老相当辛苦、疲劳，但当他出现在文学青年面前时，他显得精神矍铄、毫无倦容，他的和蔼可亲、朴素随和给文学青年留下了极深印象。而在我的脑海里，经常浮现他挤在电车上的身影，我知道，他是为了关爱文学青年，给青年人一些鼓励，才这么劳累的。但我对这次让他挤车、步行到作协的事一直感到抱歉。

说来很巧。2007 年冬，我在老年大学的一位同学郭以遹交给我一本纸张发黄的小小纪念册，上面有巴老在六十多年前给她的题字，她一直珍藏至今。

她告诉我，那是 1941 年的事，她和黄炎培的小女儿黄素回同在成都树德中学读书。她俩经常到成都华西坝一位刘先生家玩，郭以遹和黄素回还经常在刘先生家度周末，那时巴老的小说《家》已在中学生中流传，郭以遹非常钦佩巴老，得知刘先生认识巴老后，央刘先生代为引见。果然刘先生约了个时间请巴老到家里来见见两个中学生，郭以遹带了这本纪念册请巴老题词。巴老已是闻名遐迩的大作家，而她俩都是浑不懂事的中学生，巴老却来见她们，还给郭以遁的纪念册题了词，这让她俩非常感动。题词内容是："要爱光，光可以培养每个年青的心灵；要认识爱，爱可以温暖每颗孤寂的心；要信仰真理，真理可以指示一条到光明的路。巴金一九四一年二月一日。"郭以遁把这本纪念册珍藏了六十多年。

从这两件事上，可以看到巴老对文学青年真挚的感情！

还有一件事是巴老尊重人、重承诺，赶写一份书面发言的事。

那是1978年1月，《诗刊》发表了毛主席于1965年7月写给陈毅同志谈诗的一封信。钟望阳先生立即邀请上海文艺界的知名人士进行座谈，这在当时是批判"四人帮"的一件大事，是一种政治态度。

巴老因故没有参加座谈，他在电话里向老钟请假。老钟通情达理，同意他请假，但在电话里说了一句："不能来发言，就书面发言吧！"座谈会上，老钟在请大家发言时，也顺带说了一句："老巴不能来，有书面发言。"

巴老为了兑现这个承诺，他赶写了一篇六百字的书面发言稿。在稿中，他首先说自己读了这封信很兴奋很高兴，认为"信"的发表是整个文艺战线和文化生活中的一件大事。接着，顺着毛主席对陈毅的诗"大气磅礴"的评价加以发挥，赞扬陈老总的诗"反映了他整个人格，诗中的境界是一般诗人所达不到的"。然后笔锋一转，着重谈形象思维在文学创作中的重要性，并联系自己几十年的创作经验，说明"深入生活，观察分析生活重要，但还要通过人物，通过形象表现出来，如无活生生的人物，没有生动的形象，作家心目中的英雄人物和英雄事迹就无法感染读者，打动读者的心。……"

其实，这是一篇非常生动的有关文学创作谈的文章。老钟交给了编辑部，理论组看后准备发在《上海文艺》2月号上。

我把发稿的时间告诉巴金先生，他当即表示："这只是个书面发言，现在这样不要发。"

我问："那是不是拿回来你修改后再发？"

巴老想了想说："好嘛！好嘛！"

我把巴老的意思带回编辑部。稿件注明"拟改后发三期"，交回我手中。

我完全记不起来，究竟什么原因这稿子一直在我手中没有修改。

直到1994年3月，我去看望巴老，谈到过去的事情，我突然提起："1978年1月文联开会，座谈毛主席写给陈老总谈诗的一封信，你有一篇发言稿，还记得吗？"巴老很清晰地回答："记得。那是书面发言。"

我告诉他："你这篇书面发言稿还在我这里。"

他神情淡然，没有说要拿回去看看，我也没有提出想给什么报刊发表。……

现在，我整理笔记、文稿，又看到了这份书面发言稿。不禁想到，这是巴老当时为了钟望阳先生的一句承诺而写的。

从以上的两件事反映出巴老为人的真诚，为人的重承诺、讲信誉，以及对青年人的爱护，他的崇高品德让我永远铭记。

"义务编辑"萧珊

一

离开《上海文学》编辑部已经二十多年了，但对这幢我出入过近四十年的大楼从未忘记过。特别是作为在那样一个特殊历史年代的共同经历者，它常会出现在我的脑海里。

一位特殊的编辑形象浮现出来了。她是20世纪60年代《上海文学》编辑部的一位"义务编辑"萧珊——巴金的夫人。用今天的话说，她是一名不拿任何报酬的志愿者。

我初次见到萧珊是在1954年初秋的一个上午。那时我在一家少儿刊物初当编辑，跑到大学的老师、著名作家章靳以先生家去约稿。刚上楼梯，就听见楼上客厅里传出爽朗的欢笑声。

客厅门是敞开的，靳以师坐在靠窗的书桌后面，一位体态丰腴的年轻女士侧身对着门，两人在说话。

"章先生。"我恭敬地向靳以师点了点头。

"来了？"老师忙向我介绍，"这位是巴金的爱人陈蕴珍！"又指着我说，"她是我的学生小彭。"

没等我上前问好，巴金爱人就转过身向我走来。真让我吃惊：想不到我最崇敬的大作家的夫人竟是这么朴素。一身合体的短衫长裤，随意梳理的烫发，没戴饰物，不施脂粉。

"章大哥，你的学生这么小啊？"一口宁波腔的普通话，嗓音很高很响。

"你也没长大呀，陈蕴珍。"老师跟她开惯了玩笑。在老师嘴里，"蕴珍"两字合在了一起，用天津味很重的北京话流出来，十分好听。

能在这里遇到巴金夫人，让我喜出望外。我立即抓住这个难得的机会，向她提出我正要向巴金先生约稿，请她帮忙。

"你找她是找对人了。"老师说。

巴金夫人粲然一笑，现出一对好看的酒窝："好嘛好嘛。巴先生最近正在上海。"她真爽气，没有一点大作家夫人的架子。一对清纯明亮的大眼睛闪出友好的目光，让我少了拘束。

我们当即约定了到霞飞坊他们家去的时间。

其实这一时期巴金非常忙，要去北京开会、出国、为不少报刊写稿……但还是为我们少儿刊物写了文章，准时交稿，和靳以师的文章一起发表，这提高了刊物的知名度，也让我得到了表扬。

以后，在她家和靳以师家又见到她几次，感觉她是一位非常热情、诚恳、善良、宽厚，还保持了几分天真的人，非常好相处。

她是靳以师爱人陶肃琼的好友，又是靳以师婚姻的介绍人，还是他们女儿南南（章洁思）的干妈，两家走得很近。他们都很珍视友情。巴金夫人虽然没有正式参加工作，但她在家里从事俄文翻译，还在读俄语夜校，并常常替平明出版社看看书稿，也是相当忙的。

"她读夜校时，都是巴金先陪孩子们睡熟了，才到书房去写东西。"老师还告诉我，巴金对爱人翻译的作品，都亲自一字一句校改后才发排，她已由平明出版社出版了屠格涅夫的《初恋》《阿西亚》，普希金的《别尔金小说集》等。她是很勤奋的。

1957 年《收获》创刊，我调到《收获》工作。由于工作关系，我去巴金先生家的机会多了，经常见到巴金夫人，她在家里很会操持，那时他们已从霞飞坊搬到武康路 113 号，房子大了，人口也多了，有老太太和两位单身的妹妹，还有一位亡友的遗孤也由她像儿子般照顾，一大家子的事都和谐地运转，让一辈子没领取过国家工资、靠稿费生活的巴金没有烦心事，这是很不容易的。后来从巴金先生口中听到，由于那些年写得多，稿费多，她及时收存了一些才免除了日后的穷困，也由于爱人在自己外出归家时都细心地收藏好两人的书信，才有了以后的《家书》的出版，"可见这位看起来大大咧咧没长大的太太，大事并不糊涂"。

她对家人，对朋友一腔赤诚。靳以师病重时曾对病残的女儿南南说："你以后遇到困难就去找你干妈，她是一位可信赖的朋友。"

这位干妈一直关爱着干女儿。靳以师1959年病逝后，第一时间她就把一张大面额储蓄存单送给靳以师夫人花用，以免除她对生活压力的忧虑。章师母虽然没有收下，但这珍贵的友情暖心啊！

1958年12月2日，我因肠炎请假在家，想不到巴金夫人会邀约靳以夫人，两位主编的夫人一起到五原路我家，看望我这个小编辑，她俩的热情、亲和、平易近人，让我永记心中。

二

外表上看起来，巴金夫人嘻嘻哈哈、无忧无虑，其实内心是很焦虑的，她急于要赶上时代的步伐，改变自己作为家庭妇女的生活。20世纪60年代初，巴金夫人得到《上海文学》主编叶以群的同意，到《上海文学》当"义务编辑"。这并不是巴金的安排。巴金一向尊重爱人自己的选择。

这时她没用陈蕴珍的本名，而用了当译者时的笔名萧珊，这个名字是她在西南联大读书时，三个女生同住一室，她年龄最小，被同伴亲昵地唤作"小三子"的谐音。《上海文学》编辑部同志都称她萧珊。我也因《收获》停刊，调入《上海文学》，和她同坐在一间办公室。

过去，她常帮巴金先生做一些编书的事情，还帮平明出版社审读过翻译的书稿，很熟悉编辑业务；又熟悉文学界的一些作家，短时间内她就向全国各地她所熟悉的文友，发出了热情洋溢的约稿信，织成了一张大大的作者网，每天看稿、改稿、约稿很是忙碌，干劲十足。

记得那一时期，她每周都能给大家带来文坛新信息和稿件的喜讯，有她在，办公室里充满生气。

为了得到短篇小说大家沙汀的新作，她紧盯不放，电讯不断，还频频要正在成都写中篇的巴金帮着当面向沙汀催逼，终于在 1962 年 2 月号《上海文学》中，刊出了由她编发的沙汀的《假日》，很受读者喜爱。冰心的《一只木屐》也是被萧珊逼出来的。

可贵的是，有时约来的名家之作并不理想，她能秉公办理，亲自退稿，不怕得罪人。她经常说的一句话是"我们的刊物质量要紧！"她非常爱"我们的刊物"——

《上海文学》，很敬业。她真心实意想在工作中改造自己，成为社会主义的建设者。

那时，我们经常下乡帮农民收种。按理说，她没必要参加，完全可以趁机回家料理一些家务，可是她不愿脱离集体，每次下乡，都是早早穿好运动鞋来到编辑部一起出发，没有一点娇气。

她对我们年轻的编辑非常友爱。那正是"三年严重困难"时期，组织上为了照顾专家、学者、名人的健康，每月发给他们一定数量的文化俱乐部（政协餐厅）的用餐券，萧珊常分别邀请编辑部年轻的低工资女同胞共享。我就被邀请过几次，每次她都热情真诚地给我搛菜，说："给你增加点营养。"她是那么关心别人。

1964 年开展"社会主义四清"运动，我到了农村当工作队员，萧珊也争取到一家铜厂当工作队员。工作相当忙碌、紧张，她却很快活。

谁也没想到一场摧毁人性的灾难毫无征兆地罩下来了。

三

我从农村回到作协，萧珊也从铜厂回来，但她走不进"我们的刊物"了：刊物停办。人们像发了疯似的写大字报揭批"牛鬼蛇神"和打内战。几个人刚写出"成立×× 战斗组"的大字报，另一张"砸烂×× 组"的大字报一出来，×× 组就宣布解散，大字报的威力真大，令人生畏。

揭批巴金的大字报逐渐升级，对萧珊也开始出现大字报了。她被勒令来接受陪斗，她的罪名是"黑老K巴金的臭婆娘""巴金派来的坐探"。

她从未经历过如此狂暴的场面，她感到恐惧、惶惑、寝食不安。

上海戏剧学院"革命楼狂妄大队"的小将开进作协大楼了。他们在进门的地坪上用墨汁刷出脸盆样的大字标语："庙小妖风大，池浅王八多"，把一大批人员轰进了"牛棚"，也把萧珊从家中勒令到作协接受陪斗，然后交到里弄去劳动。这是她一生中遭受到的最残酷的灾难。

一天夜里，北京来的红卫兵翻墙冲进巴金住所，萧珊害怕他们会把自己敬爱的巴先生带走，天真地跑到对门的派出所请求对公民保护。可是，她非但没得到保护，还被追随而至的红卫兵当着公安人员的面，用铜头皮带狠狠抽打，眼旁留下一片乌青块。她这才知道他们已落入不受保护的境地。

她整日提心吊胆。

天还没大亮，她就拿起竹扫帚出门扫街，她低着头很怕受到路人的辱骂，她也害怕听到剧烈的敲门声，谁都可以借"革命造反有理"的名义来抄家。

　　她完全不能理解这是一个怎样的时代洪流，她也不知道自己怎样做才算是接受了教育，得到了改造。她又怕自己深爱的巴先生会受不了，她独自默默承受煎熬。

　　平日相处友善的朋友们也远离了她，这是让她十分伤心的。

　　记得有一天中午，我们几个女同事到街上看完大字报回来，在大门口遇见萧珊正从大楼里出来。她完全失去了往日的神韵，一脸茫然，眼里露出恐惧无助的目光，但还保留着纯良的天性站在路边，似在等待朋友的一丝温情，哪怕是一个微笑。可是，等来的只是一句虚伪的"你还好吗？"

　　"不大好，我生病。"她坦诚地回答了，却没有得到回应。那时人们的思想感情都变异了，只想要保护自己，不让人抓住上大字报的把柄就太平了。我们真自私！

　　她失望地走出了作协大门。

　　这以后一段时间，我们作为被砸烂单位的一员，到干校、下农村、去工厂，"四个面向"，离开了《上海文学》编辑部。

　　我"四个面向"到中学当老师去了。

四

　　1972年8月初，我到作协领取工资（当时组织关系还未转到学校）时，遇到作协的秘书郭信和同志，她告诉我萧珊患了肠癌，住在中山医院。

我像挨了当头一棒，心痛至极。想到她一贯对我的关爱，想起我们同在《上海文学》一个办公室的日子……

其实她早就因忧虑、恐惧、孤独、劳累，积郁成疾，虽去过几次医院，但都没得到认真检查，被耽误了。直到她去医院看病连路都走不动了，才好不容易辗转找到人，介绍到中山医院，才得到认真仔细的检查，确诊为肠癌。可是太晚了，癌症已扩散到了肝上。

我得到消息的第二天下午就赶到枫林桥中山医院去探视。那时探望病人是有规定时间和人数的。我在门口拿号时，两张探视牌已取完了（重病人还多一张日夜陪护证）。工作人员代为我通知，让家属出来调换。不久就见巴金迈着沉重的步子走了出来，他目不斜视，心事重重。我有点后悔了，不该向工作人员索要牌子……

萧珊的病房很宽敞明亮，病员不多。她半卧在病床上，我一进门就见到白被单下高高隆起的腹部。病床边坐着女儿小林和被唤作好姐姐的萧蕰。她见到我开始有点惊诧，但很快就以一位长者的慈祥口吻问我："你怎么这么疲劳？"她自己已瘦得脱形，还关心我的憔悴，我有点想哭。

我故作轻松地说："老师不好当啊！每天在讲台上像

演戏一样，备了几天的课，不到一节课就讲完了。几十双眼睛盯着你多么狼狈。"我又讲了自己怎么应付捣蛋学生的事情……她也觉得好玩，大家便在"瘦一点好"的话题上讲下去，谁也不提运动，也不谈她的病，她一直没表露忧戚的神情……

这是我最后一次见到她。到下一个月到作协取工资时，我才听到她已于 8 月 13 日病逝的噩耗。她辞世时只有五十五岁，多么年轻啊！

她进手术室前对巴老说的最后一句话是："看来我们要分手了！"她是多么难以割舍对巴金的爱！

她开刀后清醒过来的第一句话，不是喊痛而是关心大家辛苦了，关心输血的钱怎么办，想的净是别人。她仅仅活了五天。

她永远闭上了那双美丽的大眼睛。死却并没有把她和巴老分开，她的骨灰一直安放在巴老的卧室和巴老作伴，三十三年后同巴老的骨灰掺和在一起，撒入浩渺的大海，永远不分离。

一位多么热情、善良、宽厚、纯真的人，我是不会忘记她的！

我听巴金谈长寿

巴金先生已是百岁人瑞，不少人想知道老人家怎么进行保健的。

根据我的所见所闻，都找不出巴金先生刻意进行保健的事；也许就是这些不刻意，起了保健作用。

如果从遗传基因上看，巴金先生祖上并无高寿者。他十岁丧母，十三岁丧父，十六岁时，祖父也病逝了。

巴金共有十个同胞兄妹、两个同父异母弟妹。其中四人早逝。现在仍健在的只有两位弟弟和他。巴金家族中，多有肺科病，二姐是患肺病去世的。他儿时也经常咳嗽、感冒，离不开中药罐子，离家到上海后，也因为体检发现肺部有问题，所以未能报考大学。由于他体弱多病，在他父母去世后，祖父特地为他订了一份牛奶，大约这就是巴金小时候吃到的最好的保健品了。

巴金十五岁前，是在家中读私塾的，他曾经跟三哥一起走出家门，在外国语专门学校读过英语，可是因为他在父亲去世后的一年间，每隔十天就会病倒一次，祖父就不让他外出读书，而是由一位表哥到家里来辅导他的英语，直到祖父去世后，他才到外国语专门学校去读书，并且参加社会活动。

他外出从不乘坐轿子，他说家中的轿子是供大人坐的，青少年坐轿子太滑稽了。其实那时他已有了赎罪思想，不想做一个高高在上的少爷。也许正是青年时期的步行，对他老年的健康很有帮助。

他还喜欢爬山。爬坡就是经常性的了。他也喜欢划船。1933年他去北平，学会了划船，经常在北海划船，后来到上海，还和后来成为他妻子的女友萧珊在青阳港划过船。中华人民共和国成立后，巴金在北戴河学过游泳，但他始终只会扶着救生圈在水上漂，离开了帮助，他动不了。除了走路、爬山、游泳、划船以外，巴金没有什么更多的体育运动。

在饮食方面。他儿时的胖胖的奶妈给了他好的奶水。五岁后，全家随父亲到四川北边贫困的广元县生活了近三年，在那里，他和当地民众一样，每天都吃高粱和玉米面。回到成都以后，大家庭的伙食也是很简单的。巴金的父母去世早，小灶添菜的事就不多。祖父去世后，巴金走出家门读书，参加社会活动，每天都在外面吃午饭，基本上是一式的白肉豆花和一碗帽儿头（白米饭）。

巴金十九岁离开成都，到上海、南京、北平求学，一直吃食堂。假日在家，多数只吃几片面包，喝一瓶荷兰水（汽水类饮料），饮食一直很清淡简朴。1928 年他在法国学习期间，大半时间住在沙多吉里一所中学，吃食堂。他说，法国西餐也很简单，面包咖啡加一点蔬菜。也就是这时，他喜欢上了喝咖啡，一直到老年。不过他最爱喝的饮料还是茶，特别是沱茶，很浓很香，不过他要热茶，凉了就不想喝了。

巴金从法国回来以后，和朋友同住，在朋友家搭伙，吃家常便饭，遇有朋友来访，一起上个小馆子，点几个大众菜，边吃边聊，难得喝一点酒。

抗战胜利以后，巴金在上海有了自己的小家庭，生活安定，有自家的厨房开伙。他对饭食非常随和，从不挑剔，只是他的口味偏重一些，喜欢大味，辣、麻、咸。他步入老年以后，牙齿不太好，多吃酥软的菜，家里常为他做的是肉末茄子、麻辣莴苣等。他不大吃鱼，主要是儿时被鱼刺卡过，以后就条件反射，不肯吃鱼了。鸡蛋和牛奶他都吃得不多，可是他很喜欢冰淇淋和巧克力。只是到了老年，受到了限制，不能多吃。

由于平日饭菜吃得很少，1993 年，有一次巴金上厕所昏倒了，医生诊断巴金患有贫血。平日照顾老先生生活的小吴说："爷爷瘦得很，坐在椅子上都硌得痛。"这样，巴金才肯在中午吃一些特别做的较有营养的菜，才肯吃点肉末炖蛋。

巴金年轻时的生活起居并不规律，他常是晚上熬夜写作；完成了一个阶段的写作计划后，就拎起一只简单的小藤箱到朋友处旅行。泉州、广州、北平……和朋友们一起过着极其放松的旅游生活。不过，无论写作或旅游，无论家居或访友，他从不停止读书，他身边总带着好书，有一点空隙时间，他都会看，就是在十年动乱期间，他被关在"牛棚"，他的衣袋里也揣着一本外文的毛泽东著作。有意大利文的老三篇或是语录（那时只有毛泽东的著作允许看），还有一本外文字典（意大利文），一坐下来，他就取出来朗读，背诵。除了睡眠，他从不让自己的脑子停止工作。他九十岁以后，视力差了，他还跟着女儿小林一句一句朗读背诵鲁迅的古诗。他的大脑一直在运转。

巴金1983年股骨骨折以后，又诊断出患有帕金森病，活动更不如前。黄佐临先生介绍他在家里做做香功，他也试着学做。他记性很好，能做到每节不少，叫得出名堂，但有的动作并不到位，因为他的手关节不灵活，往后很难挥到双耳部位，所以这种功并未起到什么作用。

至于保健品，我很少看到先生服用。不过，枸杞、西洋参、野山参汤等还是喝一些的。大约是从20世纪90年代起，每年冬至时都由一位老中医给巴金先生开一些温补的中药煎服，据九姑妈说，这药很对症。

以上就是我所看见、听见的巴金先生平日的起居生活。有一次，先生的公子小棠开玩笑说："爸爸的长寿秘诀就是不锻炼。"我常想起这句玩笑语，如能加"没有刻意"四字，是否更合适些？因为在生活中，他都在以不固定的形式锻炼自己。

有几次，在闲谈中，巴金先生说，过去，常认为长寿怎么怎么。现在，自己是家里最长寿的了，才知道长寿的问题。自己动不了啦！

我说，你长寿是平时没大吃大喝，也不酗酒。我举了几个朋友平时贪杯，吃喝无节制，英年早逝的例子。他说："是的，只吃小馆子。"

1993 年年底，我到医院去看望巴金先生，国燥正喂他吃馄饨，剩下几只，他说，不能吃了，再吃就要报销了。我们忙说，不会不会，你很健康，他说，（我）自己知道！

我说，你的存在，对我们是种鼓励。他说，他也在给自己做思想工作……

他很早很早以前，就安排好了该做的事；藏书分别赠送出去，存款捐赠给需要的地方……

这以后，为了他的健康，我没能多去打扰。

我知道：他为我们而存在着……

永远闪亮的巴金星

2005年10月17日下午5时，我走进华东医院南楼巴金先生的病区。先生的病房外，早已有他的家人、朋友、医护人员和作协领导前来陪伴。中央和市的领导金炳华、陈至立、韩正、殷一璀等也接踵而来，向先生作最后的告别。

我站立在先生病房外的阳台上，透过明净的玻璃长窗，目送仰卧在病榻上的先生远行。虽然先生近期在腹部发现了恶性间皮细胞瘤，可是先生还是如过去那样安详、慈和，没有丝毫痛苦的样子。病榻旁由先生的女儿小林、外孙女端端、儿子小棠、媳妇唐宁、侄女国煣以及特地从北京、成都赶来的亲人们陪伴着，先生始终沐浴在温馨的亲情中。

19点零6分，静默的病房里传出小林撕心的呼唤："爸爸，爸爸，你不是说还要陪陪我么，怎么就走了呀！……"

心电图上停止了波动。巴金先生驾鹤仙逝了。

房内外一片唏嘘，但更多的是肃穆。

对于死，巴金先生早有准备，处之泰然。

记得 1981 年 5 月 23 日，我去武康路看望巴金先生。他背上的疖子刚开过刀，还包着厚厚的纱布，精神显得有些委顿。我们称作九姑妈的、先生的九妹对我说，前几天万家宝（曹禺原名）在这里，老兄（她常称先生老兄，有时也喊四哥）对万家宝说："我们都老了，要死了。死，就是这样子……"

过了十年，1991 年 6 月 11 日，先生又因病住进了华东医院，我去看望先生时，他对我说："我第一次到华东医院是 1954 年，距现在已经三十七年了。最后也会在这里结束。"说完，他有点自嘲地笑了笑，说，"前几天进来时，以为这次不行了，但这两天又觉得没什么关系了。"……

先生生命最后的日子，果然是在华东医院度过，不过，距他说这话时，已整整推迟了十四年！

这十四年里，巴金先生为自己的离去，作了精心安排：先生一生所收集、钟爱的珍贵图书，是无法用金钱衡量的。先生亲自动手，请人帮忙，分门别类，捐赠给各类图书馆，让它们发挥更大作用，造福读者；他还把自己的存款、稿费不断捐给现代文学馆、慈善机构、希望小学，还经常给各种灾区捐款，他心里永远装着需要帮助的弱势者。他的帮助是那么的无私、无痕。

现在，他无牵无挂、安心地远去了。他给我们留下了巨大的精神财富，他的人格力量永远激励着我们。

记得 1991 年 3 月 2 日上午，我正在巴金先生家玻璃长廊上谈着什么，音乐门铃响了，九姑妈去开了门，一辆送煤车进来了，不久听见门厅里传来一个小伙子向九姑妈提出："巴金老先生在哪里，我们想看看他。"被九姑妈挡驾，先生听力极好，对着门厅，提高嗓门叫着："九妈，九妈，让他们来！"

我怕先生急，赶快走到院子里去带两位孔武有力、穿着工作服的年轻师傅穿过客厅走了过来，一个小伙子彬彬有礼地向先生介绍："这是驾驶员小余。"他俩恭恭敬敬向先生鞠了个躬说："我们是为你送煤来的，巴金先生，我们敬重你！希望你健康！"

先生早已站起了身接待他们，连声说："谢谢你们，谢谢你们。"先生又如朋友般告诉他们，"我，我现在身体不大好！还有帕金森病……"

两位师傅满足了。这位有着崇高威望的文坛巨人竟是如此平易近人。他俩轻轻地转身离开了。先生目送他们离开，目光是那么柔和。他又对九姑妈说，他们是好心人。

几年以后，巴金先生又一次住进了华东医院，我去看望他，先生告诉我，自己的记忆力差了，差一点弄错事情。他说 1989 年他住院时，行动不便，请了一位姓庄的退休工人照顾，两人相处得很好，过了几个月，他出院了，以后也没有联系。这次他住院后，庄师傅得到了消息想来看看他，但正遇流感，医院采取了严格的探视规定，庄师傅便和先生的侄女国烁先通电话约定第二天下午来访，可是第二天下午，国烁单位有事，她没按时来医院，又未及时对别人说这件事。庄师傅按约来到病房外，通报了姓名，先生却一时记不起庄师傅的名字，表示不认识，庄师傅只得悻悻然离去。等到傍晚，国烁来到病房，说起这件事，巴金先生才记起了这位师傅，真是懊恼万分。他焦急地请身边的同志设法去寻找庄师傅，但当年的介绍人已丢失了庄师傅的地址。先生执意不肯放弃，坚持请身边的同志寻找。几个月后，辗转通过几个派出所，终于找到了庄先生。说到这里，巴金先生开心地笑了，说："上周三我们见面了！"看得出来，巴金先生是很在乎和普通劳动者之间的友情的！

这样的故事还有不少，但以上是我亲眼所见亲耳所听的。

巴金先生就是这么个平易近人的慈祥长者，他为人真诚，尊重他人，充满爱心，爱憎分明的品德让人崇敬。他的仙逝，牵动着无数普通老百姓的心！

2005 年 10 月 24 日下午，数千读者自发来到龙华殡仪馆向先生作最后告别。

11 月 25 日，我随先生家属一起，送先生与他夫人，还有九姑妈的骨灰撒入大海。

先生已经离我们而去，但他的品格却融入巴金星，永远闪烁在上空为我们引路。